満天キャンプの謎解きツアー
かつてのトム・ソーヤたちへ

高野結史

宝島社
文庫

宝島社

目次

満天キャンプの謎解きツアー　かつてのトム・ソーヤたちへ

プロローグ

「殺意はあったんですか？」

こんなことを聞きたくなかった。

霧谷《きりや》歩子《ほこ》は刑事になってから初めて取調室を息苦しく感じた。

机を挟んで対面する男は困った表情で黙り続けている。すっかり見慣れた顔だ。

天幕《てんまく》包助《ほうすけ》。キャンプガイド。

この男との記憶はどれも温もりと清涼さに満ち満ちている。その癒やしがなければ、自分はここにいなかったかもしれない。

なのに——今、天幕は被疑者として目の前に座っている。

自分に取り調べが務まるのだろうか……。

迷いが一瞬の沈黙を生んだ。

天幕が顔を上げ、歩子の目を見つめた。

取り調べる側が参ってどうする。

歩子は感情的にならないよう膝上の拳を強く握った。そして、取り調べの糸口を探そうと、天幕との出会いを思い返した。

第一話　バーベキュー大捜査線

1

札幌《さっぽろ》の桜は五月に咲く。

屋上から大通りの桜並木を見下ろし、歩子は自嘲《じちょう》した。

気づくのが遅いよ。

桜はすでに散り始めている。今年は例年より開花が早かったとはいえ、毎日通っているのに満開を見逃した。花に意識を向ける余裕が無かった。

札幌伏見《ふしみ》署の屋上は、署員を集めての装備品点検、逮捕術の訓練などに用いられることを除けば、滅多に人が来ない。喫煙所が苦手な歩子にとっては恰好《かっこう》の休憩スペースだ。

その静寂が背後から破られた。

「あー、花見行きたかった。約束してたんですよ、俺」

後輩の声に、歩子はびくりとしてしまった。

「せっかく晴れたのに。これなら行けたわぁ」

都築和正《つづきかずまさ》が缶ジュースを片手に歩子の隣に立った。見た目の精悍《せいかん》さに反して、大の甘党だ。

「新人みたいな文句言わないでよ」

歩子は都築に動揺を気取られないよう努《つと》めた。

世間は休日。北海道にも春の陽気が訪れている。昨日の雨から一転、絶好の行楽日和となっていた。

歩子たちも本来休日のはずだったが、「表番」が全員捜査に出たため出勤となった。伏見署では係を、表の在署番と裏の在署番に分けている。表番は土日も出勤し、刑事部屋に待機。裏番は実質の休日となる。しかし、大きな事件が発生して表番が出払うと、空いた刑事部屋に裏番が詰めなければならない。表と裏は一週間ごとに入れ替わり、この日の歩子は裏番だった。

「霧谷さんは休みの予定とか立てないんですか」

「最近は全然だね」

後輩の都築は平気で軽口を言う。歩子も目くじらを立てるわけではないので、都築は改める必要性すら感じていない様子だった。

「で、何の用？」

「何って、休憩ですよ」

都築は缶ジュースを開け、一口飲んだ。

「霧谷さんは？」

「休憩が終わったところ」

「よく来るんですか、ここ？」

「……まあね」

「そうですか」

どこか含みがある。

歩子が不審の目を向けると、都築は手持ち無沙汰に缶を弄《もてあそ》んだ。

「霧谷さん、最近冷めてません？」

「どういうこと？」

「いや……まあ、具体的なことは言えないんですけど……」

都築は言葉を選んでいる。思わず口にしたことを後悔しているようだ。

「俺が来た頃の霧谷さんはバリバリのイメージだったので……」

「今は違う？」

「手柄を焦らなくなったってことですかね？」

「さあ、特に意識してないけど」

嘘《うそ》だ。後輩の見立ては当たっている。都築が配属されてきたのは二年前。その頃は自分も都築のようにキャリアを積み上げることに邁進《まいしん》していた。しかし、最近は仕事で成果が出なくても、昇任試験の勉強時間が取れなくても、焦りを感じなくなっている。少し前には考えられないことだった。

「すみません、思い過ごしでした」

「その思い過ごしについて、誰かと話した？」

「いえ！　誰とも」

「ならいいけど。やめてよ、変なこと言うの」

「すみません！」

歩子は呆《あき》れた表情を作って、屋上の出入り口に向かった。都築がとぼとぼついてくる。危なかった。都築が来る寸前まで握りしめていた退職届がポケットの中でかさばっている。今日も出しそびれそうだ。こんな浮《うわ》ついた状態で職務を続けることに罪悪感はあるが、刑事を辞める踏ん切りもつかなかった。

「歩子は真面目すぎる」「たまには気分転換したら？」「プライベートも大事にしなきゃ」。これまで家族や友人から散々言われてきた。笑って受け流してきたが、気づけば三十代が目前に迫っている。警察学校の同期だった女性警官たちはほぼ結婚した。寿退職した者も多い。女性警官は出会いの機会こそ少ないが、合コンや交流会はそれなりにある。歩子も数年前までは頻繁に誘われたが、酒の席が苦手だからと全て断っていたら誘われなくなった。

その通報があったのは、刑事課に戻ってすぐだった。

——バーベキュー中に子供が誘拐された。

刑事部屋が緊張する。

「霧谷、都築」

しかし、強行犯係長の加我《かが》が発した声は気だるそうだった。

「聞いたな。五十森《いそもり》公園だ」

「俺たちですか？」

都築が不満そうに聞き返す。

畑違いの仕事も所轄の日常だ。人員が揃《そろ》っている本部なら殺人や強盗は強行犯係、誘拐は特殊犯係といったように畑が明確に区分されているが、所轄は慢性的な人手不足。係の垣根どころか課の区分すら曖昧にしてやりくりしている。強盗事件の捜査に交通課が協力することだって珍しくない。

出世欲を隠さない都築だが、さすがに署の事情は理解している。「早く行ってこい」と加我に睨《にら》まれると、身を固くした。

「教育がなってないな」

上司の嫌味に歩子は「すみません」とだけ返し、廊下に出た。

通報の経緯はいささか奇妙だった。

現場は豊平《とよひら》川沿いの自然公園。炊事場が設けられ、河原《かわら》でのバーベキューもできることから地元民に愛されている。当初は、子供が川で行方不明になったとの通報だったため、水難事故とみて、警察をはじめ消防、救急、民間の救助隊が駆けつけた。しかし、通報したグループの一人が水難事故ではなく、誘拐されたのだと言い出し、訴えを聞いた警官がその旨を署に報告したのだった。

管轄の札幌伏見署が歩子と都築の派遣にとどめたのは、誘拐の訴えが要領を得ず、水難事故の疑いが強かったためだ。これで身代金の要求が来るなどして誘拐が決定的になれば、本部の特殊班が乗り出してくる。歩子ら所轄の仕事はあくまで状況確認に過ぎない。

「無事だといいですね」

車の助手席に座ると、隣で都築がつぶやいた。

「うん」

歩子を含む刑事課一同、誘拐の線は無いと考えていた。おそらく水難事故だろう。通報から三十分。川に流されたとしたら深刻な状況といえる。歩子は児童救助の無線が入ることを願っていた。

2

公園に到着するまで児童発見の報は来なかった。通報からすでに一時間経過している。

駐車場にはパトカーが数台。そのそばに車を停《と》め、河原に向かった。

草原の広場を通り、木々を抜ける。日が当たらないためか木々の葉や地面の草はまだわずかに濡《ぬ》れていた。

唐突に豊平川とぶつかった。川に沿って河原が細長く続いている。公園側の河原にはバーベキューをする人々が点在していた。通報したグループはすぐにわかった。付近に制服の警官や救助隊が集まっている。

「伏見署です」

地域課の警官に声をかけた。刑事だからといって現場にずけずけと入っていけるわけではない。他部署と軋轢《あつれき》を生じさせないよう気を遣う。しかも今回はあくまで確認の色合いが強い。現場の警官たちも水難事故だと考えている。忙しいところをなるべく邪魔したくない。

地域課も大人の対応だった。半ば業務的だが、すぐに状況を教えてくれた。

行方不明の児童は増田来夢《ますだらいむ》。五歳。ここへは母親と一緒に来ていた。母親は友人たちとバーベキューをしており、ふと目を離した隙に来夢が消えたという。

見ると、二十代後半あたりの男女四名が他の警官と話をしていた。皆、心配そうに川を見ている。

「昨日の雨で少しですが増水しています。いつもは膝くらいの深さなんですが」

歩子が川を気にしているのを察したのか、地域課の警官が説明した。

川幅はそれほど広くない。五メートルといったところだ。水深も浅く、急流というわけでもないので、川遊びもできる。川中には岩石が露出した箇所があり、ルートを探れば、水に濡れず向こう岸にも渡れそうだ。しかし、水深が大人の膝下まであれば、子供は簡単に流され、溺れる。さらに今日は増水している。川に入っている救助隊を見ると、太ももあたりまで水に浸かっていた。

やはり水難事故の可能性が高いだろう。歩子は地域課の時間を奪わないよう本題に入った。

「誘拐の話は？」

「それが、どうも曖昧でして……」

警官は声を落とした。

「児童の母親は誘拐だと訴え続けているんですが、理由を聞くと口ごもるんですよね」

「話せますか」

「右端の女性です」

警官は目でグループの端にいる女性を指した。歩子は礼を言い、都築と共に男女のグループに近寄った。

「来夢くんのお母さんですか」

声をかけると来夢の母・増田好美《よしみ》は消え入りそうな声で「はい」と答えた。憔悴《しょうすい》し、化粧が涙で崩れている。カットソーにフレアスカート。アウトドアの割に着飾ったファッションは他のメンバーも同様だ。バーベキューコンロの周りには椅子や缶ビール、缶酎《ちゅう》ハイが散乱している。皆、神妙な顔をしているが、少し前まで騒いでいたであろうことが見て取れた。川縁で子供から目を離す失態を犯したとしても意外ではない。

「早く来夢を連れ戻してください……」

好美はすがるように歩子を見た。

「誘拐の心当たりがおありなんですか」

「心当たりというか……」

歯切れが悪い。

「特に確証は無いんですね」

「いえ！　誘拐されたんです！　きっと……だから早く見つけてください！」

子供を見つけてほしい。でも、詳しいことは話したくない。支離滅裂だが、子供が川に流されたことを認めたくないのだとしたら理解できる。

「来夢くんを見つけるために少しでも情報が必要なんです」

おそらくお子さんは川に流された、などと憔悴している母親に言えるはずもない。歩子は言葉を選びながら、あくまで誘拐の線で尋ねた。

「わかんないんです……いつの間にかいなくなっていて。でも、溺れていたら誰かが気づきますよね……」

たしかに、公園側の川沿いではいくつものグループがバーベキューをしているが、事故の目撃情報は出ていない。しかし、どんなに人がいても死角は生まれる。溺れるのは一瞬だ。その上、ここは川の両側が木々に囲まれ、見通しが良いわけではない。事故ではないはずだから誘拐だ、というだけの主張であれば、本部の特殊班が動くことはないだろう。

早く切り上げましょう、と都築が目で言っている。冷たいようだが、来夢を早く見つけるには水難事故として捜索を集中させるのが正解で、刑事課の出る幕ではないという結論になる。

あとは、この母親をどうするか——。下手に慰めても傷つける。

「あのう」

突然、茂みから長身の男が現れ、歩子はぎょっとした。

茂みの奥に道など無い。まさか人が出てくるとは思っていなかった。

男は申し訳なさそうに苦笑し、「呼ばれて来たんですけど……」と鼻の頭をかいた。

一八〇センチ近い都築より男はさらに背が高い。

「ああ！　来た来た！　天幕さん、こっち！」

救助隊員が駆け寄ってきた。

天幕と呼ばれた男は言われるがまま救助隊員に近づき、制服の警官に紹介された。

警官は辺りを見渡し、歩子を見つけると「ちょっといいですか」と声をかけてきた。

歩子は好美を都築に任せ、警官のもとへ向かった。

「こちら、捜索にご協力いただく天幕さんです。キャンプの……何でしたっけ？」

「まあ……ガイドみたいなもんです」

警官に尋ねられた天幕は愛想笑いしながら答えた。

隣の救助隊員がつけ加える。

「山間部の捜索に時々ご協力いただいているんです。この辺りにも詳しいので来ていただきました」

「はあ……」

歩子は返答を迷った。キャンプガイドを紹介されても困る。

「我々は川をさらいます」

警官は好美に聞こえないよう小声で言った。

「周囲の捜索は天幕さんにお願いします。地域課の人間を同行させても良いのですが……」

合点がいった。天幕を誘拐捜査の助っ人《すけと》にしてはどうかと警官は言っているのだ。

こちらが望むなら天幕に協力させると。しかし、この天幕という男が助けになるとは
思えなかった。キャンプや山林の知識と誘拐捜査は別物だ。それに残っている仕事は
好美の友人たちに話を聞くことぐらいだった。

「天幕さん、何か気づいたことあります？」

歩子が口を開く前に救助隊員が天幕に尋ねた。

「うーん、今来たばかりですから……」

と、天幕は苦笑する。

やっぱりダメだ。歩子は早くこの話を切り上げるべきだと確信した。ずっと気弱そ
うな笑みを浮かべている天幕は頼りになる人物に到底見えない。

「いえ、署に戻り……」

断ろうとした矢先、天幕が突然、歩き出した。残された歩子たちは天幕の背中を目
で追いかけた。

天幕は好美の友人らの脇を通り過ぎ、川に手を突っ込んだ。

「あ、何か見つけた？」

救助隊員がつぶやいた。

歩子も天幕の動向を凝視した。

しかし、浅瀬に子供の身体は見当たらない。まさか――。

天幕が持ち上げたのは鉄板だった。おそらくバーベキューに使われたものだろう。

それが一体どうしたというのか。

天幕は振り返り、「この鉄板使いましたか？」と聞いた。グループのリーダー格らしき半ズボンの男性が面食らいながら「はい……」とうなずく。

「鉄板は川につけないでください。油で川が汚れますから」

「はあ……すみません」

目を点にした半ズボンは、天幕に差し出された鉄板を受け取った。

歩子は呆気《あっけ》にとられた。救助隊員と警官も口をあんぐりさせている。マナー違反には違いないのだろうが、話を中断してまで注意することか。

「水洗いするんじゃなく、新聞や紙で拭くといいですよ」

天幕はニコニコ顔で半ズボンに教えた後、何事も無かったように戻ってきた。

「えーと、それで……」

警官が話を続けようとしたところで、都築が隣に来た。

「バーベキューをしている間、児童はテントにいたそうです」

イケメン若手刑事の頭をなでてやりたかった。今すぐ話を切り上げる口実ができた。

「テントを見てきます」

歩子は一礼し、そそくさとその場を離れた。

好美に案内されたテントは、バーベキュー台から少し離れた林の中に設営されていた。河原ではなく、土の地面を選んだということだろう。バーベキューをしながら目視できる場所ではあるが、目を離している間に子供がどこかへ行ったとしてもおかしくない距離だ。

「お子さんは一人でここに？」

「ええ。人見知りする子なので……」

好美の口ぶりは言い訳がましい。

都築がテントを開けると、開封されたスナック菓子の袋が目に入った。食べかすも散乱している。

「これはお子さんが？」

「はい……」

「バーベキューには参加せず、スナック菓子を食べていたということですか？」

些細《ささい》なことだが気になった。

「来夢はお肉や野菜を食べないんです。歯が悪いので、硬いものが嫌いで……。スナック菓子ならしばらく口に入れておくと唾液でやわらかくなるから好きらしくて」

だったらバーベキューに連れてくるべきではない。

「馬鹿ですよね。来るんじゃなかった。家にいれば良かった」

好美は聞かれてもいないのに後悔の念を口にした。が、その涙声とは裏腹に、喋《しゃべ》るたびアルコールの匂いがする。

「仮に誰かが、ここからお子さんを連れ出しても気づかなかった可能性はありますか」

「……はい」

「不審な人を見ましたか」

「いえ、そういうわけじゃないんですけど……」

やはり結論は変わらなそうだ。テントの周囲も確認したが、無理矢理連れて行かれた痕跡は見つからなかった。

「探してもらえないんですか」

好美は非難めいた口調になった。

「いえ。もちろん捜索は続けます」

「川だけじゃなくて、周辺を全部探してほしいんです。もしかすると、もう遠くに連れて行かれてるかも……」

　子供が川に流され、絶望的な状況になっていると思いたくない母親。その気持ちは理解できる。しかし、誘拐捜査は膨大な人員を擁する。身代金の要求も目撃証言も痕跡も無い状況で本部を動かすことは難しい。

「あのう」

　気の抜けた声がした。見ると、先ほどのニコニコ顔が立っている。

「ん、どうかしました？」

　背後から声をかけられた都築が少し驚いて振り返る。

　天幕は川の対岸を指した。

「ちょっと向こうを見てもらえますか」

「救助隊に同行されるんじゃ？」

　刑事課の手伝いは不要だと都築は暗に伝えたのだろうが、天幕は「みんな忙しいみたいで……」と鼻をかいた。

　こっちも暇じゃないんだよ、と都築の顔に書いてある。

「捜索については救助隊の方と……」

　都築が追い払おうとすると、天幕から笑みが消えた。気を悪くしたのかとも思ったが、困ったような顔をしているので違うようだ。

「どうかしたんですか」

仕方なく応対すると、天幕はまっすぐ歩子の目を見た。

「来夢くんは誰かと一緒かもしれません」

3

やっぱり都築に任せれば良かった……。

後悔しても遅い。都築には好美の友人らに聞き込みをするよう指示した。

「すべるので気をつけてください」

そう言いながら天幕は川面から顔を出した石の上をひょいひょいと渡っていく。歩子は天幕の通ったルートを真似て、慎重に一歩ずつ進んだ。濡れた岩石がよくすべることは一歩目から痛感している。

対岸から天幕が心配そうに見ている。歩子は平気なふりをして、なんとか渡り終えた。

「こっちです」

天幕は木々の奥へ進んだ。対岸は公園側よりも茂みが深い。

「見てください」

天幕が指したのは木々の間に張られた蜘蛛《くも》の巣だった。下半分が切れ、歪《いびつ》な形になっている。

「人が通った跡です」

蜘蛛の巣は、歩子の頭上あたりに張られていた。誰かが通った際、巣の下半分に引っかかって、糸が切れたと容易に想像できた。

「でも、今日通ったとは限りませんよね」

「いえ。今日です」

天幕は断言した。

「蜘蛛の巣は雨に濡れていません。晴れてから新しく張られたものです」

つまり、昨日にはまだ無かったということか。

「この高さは来夢くんの背では届かないですよ」

「ええ、蜘蛛の巣に引っかかったのは大人です。それと……」

天幕はさらに茂みの奥へ向かった。

服が濡れて嫌だったが、観念してついていく。茂みを抜けると、林が広がっていた。たしか、かなり広大だったはずだ。

「これです」

天幕が地面を指さした。雨でやわらかくなった土に子供らしき足跡と大人の足跡がついていた。

歩子は息をのんだ。来夢の足跡だとすれば、何者かに連れられている。

「……来夢くんのものですか」

「それはわかりません。でも、ここは滅多に人が立ち入らないし、今日になってから誰かが蜘蛛の巣を壊して入ってきたのは間違いない……と思います」

天幕は語尾を弱めた。自信が無いのか。途端に信憑《しんぴょう》性が薄らぐ。

「間違いないですか」

歩子は念を押した。

「そう……思うんですけど」

天幕は困ったように鼻をかいた。

もう、はっきりしないなあ！

歩子は心の中で叫んだ。

推理を披露するならもっと堂々としてなさいよ！

それでもただの戯《ざ》れ言《ごと》と切って捨てる気にはなれなかった。水難事故の可能性が依然として高いが、見過ごしてはいけないと何かが訴えている。

「あのう……先に行っていいですか。まだ追いつけるかもしれませんので」

「近くに誘拐犯たちがいると？」

「うーん、犯人については警察にお任せします。それより早く来夢くんを――」

天幕は歩子の判断を待たず、ずんずん歩き出した。

「ちょっと待ってください！」

歩子は慌てて天幕を追った。


幾度も途切れる足跡を天幕が見失うことはなかった。

すでに河原からだいぶ離れている。

林がどこまで広がっているのか、中に入ってしまうと把握できない。

まるで、警察組織のようだと歩子は思った。

天幕との捜索について署に一報を入れると、加我の反応は予想どおりだった。案の定、警察や消防は水難事故の線で進めることになった。歩子が決定的な証拠を発見すれば状況は変わるが――。

まあ、任せるわ。

加我の物言いはどこか投げやりだった。歩子は期待されていないことを察した。そして、それは自分の力量に対する評価にも感じられた。

別にいいか。

都築にも見透かされるほど最近の自分は精彩を欠いている。今日にしても以前の自分なら遮二無二《しゃにむに》捜査していただろう。手柄がほしいわけではなかった。憧れた「正義の味方」像がそうさせた。警察学校でも交番勤務でも全力を尽くしてきた。激務に耐えきれず、辞めていく同期を尻目に私生活を二の次にして邁進した。しかし……。

それが愚かな勘違いだったと気づいたのは去年。

取調室のドアを叩《たた》くノック音が今でも耳に残っている。

天幕が足を止め、歩子は意識を現在に引き戻された。

「どうかしました?」

聞きながら周囲を見回す。少し開けた場所に出ていた。それでも目に映るのは木と茂みのみ。地図アプリが無ければ、方向すらわからない。嫌でも天幕に頼らざるを得ない状況だった。

「これなら測れるかな」

天幕は木の枝を拾い、足跡を囲うように一メートル四方の枠を描いた。枠の中には大人と子供の足跡がいくつもある。これまでの足跡に比べ、形がはっきり出ていることは歩子にもわかったが、天幕が何をしているのかは見当がつかなかった。

枠内の足跡に目をやった天幕は「やっぱり二人ですね」とつぶやいた。

今さら言われるまでもない。

「問題はそのうちの一人が来夢くんかどうかです」

「いえ。来夢くんの他に二人います」

えっ、と思わず声が出た。

複数犯――？　危機感が募る。

「どうして二人だと？」

「大人の足で一歩の間隔に、いくつ足跡があるか数えるんです」

地面に描かれた枠を見ると、大人の足跡が四つ入っていた。

「含まれている足跡の数を二で割ると人数が割り出せます。この場合、大人は二人。子供は一人」

そういうものなんですか、としか歩子には言えなかった。再び歩き始めた天幕の背中を追う。これではどちらが刑事かわからない。

「ここでも曲がってますね」

足跡はところどころで立ち止まり、方向を変え、戻ってはまた方向を変え、と行き先を見失っているように見えた。足跡そのものも混沌《こんとん》としていた。途中で子供の足跡が消え、しばらく行くと、また現れる。大人の足跡も歩幅がまちまちになっていた。

「どうやら土地勘が無さそうですね。おそらく林を抜けたところにある駐車場へ向かっていたんだと思いますが、迷ってますね、これ」

足跡を追う天幕はまたニコニコしている。

深刻さを理解していないのかと呆れたが、それより誘拐犯の不審な行動が気になった。

「土地勘が無いと迷うものですか」

「うーん……スマホのGPSがあるでしょうけど……」

ふとスマホを見ると、いつの間にか圏外になっている。

だが、ルートの下見ぐらいは済ませているはずだ。複数犯ということは衝動的な犯行とも考えにくい。あまりにも計画が杜撰《ずさん》すぎる。

「ここは広いですからね。スマホのGPS頼みだとしたら、一苦労です。それに歩く速度も遅くなっている。トラブルがあったのかもしれません」

「犯人たちが迷っているとしたら、身代金の要求がまだ無い説明もつきます」

「うーん」

天幕がまた鼻をかいた。

「なんでしょう？　気づいたことがあれば言ってください」

「身代金の要求は来ないと思いますよ」

「……なぜです？」

「きっと営利誘拐ではないですから」

「……」

金銭が目的でないなら子供そのものが狙いか。その場合、悲惨な結末を迎えることが多い。

「なら犯人は――」

刹那、がさっ、と茂みから音がした。

天幕と揃って振り返る。

走り去る男の背中が木々の向こうに消えた。

歩子は咄嗟《とっさ》に走り出した。

「ダメです！」

天幕に大声を出され、歩子は驚いて立ち止まった。

「足下に気をつけて、慎重に」

それだけ告げて、天幕は木々の間をひょいひょいと駆け抜けていった。

歩子も追おうとしたが、太い枝を踏み、転びかけた。素人が走るのは危険だと理解する。天幕に従い、足下に注意しながら進んだ。

天幕の姿を見失ってしばらくすると、不安が押し寄せてきた。

方向感覚は完全に消失している。このまま天幕が遠くに行ってしまったら……。刑事が捜査中に遭難なんて目も当てられない。

自分は一体どこを歩いている？　どこに向かっている？

「……のおと……ですね」

かすかに天幕の声が聞こえた。

その声を頼りに茂みをかきわける。

遠くに二人の男性が見えた。

走り去った男と天幕だ。

男は四つん這いになり、肩で息をしている。天幕に取り押さえられたのか。それにしては抵抗する素振りが無い。

天幕はバッグから水筒を出し、男に与えた。男はすぐさま受け取り、ごくごくと飲みはじめた。天幕は相変わらずのニコニコ顔で言った。

「来夢くんは？」

「……向こうに」

喉を潤した男は呼吸を整えながら声をひねり出した。

「元気ですよね」

「……はい」

「天幕さん」

歩子はやっと追いついた。疲れを押して、男を逮捕しようと身構える。

「ああ、大丈夫ですよ。来夢くんも無事みたいです」

天幕が手振りで歩子の機先を制した。

「どういうことですか……来夢くんが無事だとなぜわかるんです？」

「無事なんですよね」

天幕はまだ膝をついている男を見下ろした。男は黙ってうなずく。

「それだけじゃ判断できません」

取り合わない歩子に天幕が続ける。

「足跡でわかりましたよ」

「足跡？」

「子供の足跡が消えたり、現れたりしていたので」

「それと来夢くんの安否にどんな関係が？」

天幕は男を見た。

「来夢くんが疲れるたびに抱っこしてあげていたんですよね」

男は再びうなずき、天幕に水筒を返した。

「抱っこ……」

啞然とする歩子に天幕が笑いかける。

「あの足跡は愛情の表れです」

道中の場違いに見えたニコニコ顔は来夢の無事を確信したが故だったのか。しかし、そうなると新たな疑問が生じる。

誘拐した子供に愛情をかける犯人とは、一体何者なのか。

歩子が男を凝視すると、天幕がその疑問に答えた。

「来夢くんのお父さんです」

4

来夢の父・増田貴之《たかゆき》は視線を地面に落とした。

歩子が刑事であることを告げると、貴之は来夢の連れ去りを認めた。

「来夢くんのいる場所に案内してください」

まずは児童の安全確保を優先する。

貴之はかなり疲れているようだったが、自ら先導した。

比較的茂みの少ない道なき道を進む。

「よかったですね」

隣を歩く天幕が微笑《ほほえ》んだ。

歩子は否定も肯定もしなかった。

本当に誘拐が行われていた事実に当初は面食らったが、犯人が父親だと判明したことで、すでにこの事件は歩子にとって珍しいものではなくなっていた。

「これは実子誘拐です」

「じっし……？」

天幕はきょとんとした。知らないのも当然だ。

日本で認知されている誘拐事件は殺人事件よりもはるかに少ない。伏見署のような所轄の警察署に誘拐を専門とする特殊班が無いのも発生件数が少ないためだ。しかし、それはあくまで認知されている件数に過ぎず、実際のところ日本は世界の中でもひときわ誘拐が横行する「誘拐大国」の烙印《らくいん》を押されている。原因は片方の親が自分の子供をさらう実子誘拐だ。もう片方の親からすれば、ある日突然、子供が連れ去られることになるが、日本では夫婦間の問題として事件化されてこなかった。残された親は泣き寝入りを余儀なくされ、心に大きな穴を空けられたまま生きる羽目になる。精神を病んでしまうケースも多い。そうした「被害者」を見るたび、歩子は警察と己の無力を痛感した。

しかし、最近になって漸《ようや》く連れ去りにも〝しっかり〟対応するよう警察庁から都道府県警に通達があった。

場合によっては貴之を逮捕することになる。

大小二つの人影が見えた。

おそらく来夢と思われる子供と大人の男性が地面に座り込んでいた。男性は貴之と風貌が似ている。

「パパ！」

子供が貴之の膝に抱きついた。

「ごめん、怖かったか」

貴之は子供の頭をなでた。

「来夢くん？」

歩子が屈《かが》んで尋ねると、増田来夢は緊張した顔でうなずいた。

よかった、と口から出かける。

来夢は、かなりぐったりしているが、ひとまず最悪の事態にはならなかった。

「こちらは？」

「弟です」

貴之の弟・則之《のりゆき》は警戒を解いていなかったが、貴之から「刑事さんだ」と告げられ、がっくりと肩を落とした。伸ばした右足を気にしている。

「足を痛めたんですか」

天幕は則之の横に膝をつき、担いでいたバッグを漁《あさ》り始めた。

「ええ、捻《ひね》ってしまいまして」

則之の足首は腫れていた。

天幕は水筒を取り出し、則之の足首に水をかけた。痛々しい様を見て、歩子は先ほど天幕に走るなと止められたことを思い出した。

「あいにくアイシングスプレーを持ち合わせていないので、これで勘弁してください。応急処置ですが、冷やしておくと治りがだいぶ違うので」

「すみません……」

天幕に介抱され、則之が恐縮する。

貴之といい反社会的な人間には見えない。

歩子は都築を介して応援を呼んだ。

「すぐに救助隊が来ます」

あえて警察とは言わなかった。

「林を抜けるつもりだったんですね」

「はい……」

「それで道に迷った？」

「スマホが圏外になってしまって……慌てていたら弟が足を……」

まさか本当にスマホしか準備していなかったのか。

貴之は重い口を開いた。

貴之と則之は来夢を連れ、林を抜けた先にある駐車場へ向かっていた。そこに停めた車で立ち去る予定だったが、途中で則之が歩行困難になった上、二人ともスマホのバッテリーが尽き、完全に方向を見失った。暗くなる前になんとかしようと貴之が単身探索に出たところで歩子たちと遭遇したという。

「スマホが圏外になっても焦らなくて良かったのに」

天幕は苦笑しながら則之の足首に添え木をし、テーピングテープで巻いた。

「圏外でもスマホのGPSは使えるんですよ」

「え……？」

則行が間の抜けた声を漏らす。

「GPSは通信電波ではなく、衛星からの電波を利用するので。ただ、圏外だと地図アプリが通信電波を探し続けてバッテリーを著しく消費します」

「ええ……電波を拾おうと動き回っているうちに、すぐ電池切れになってしまいました」

「なので、機内モードにしてGPSで方角だけ見ていれば、この林ぐらいは抜けられたでしょう」

「……なんてこった」

貴之と則行は顔を見合わせ、互いに乾いた笑みを浮かべた。

どうもおかしい。

歩子は違和感を覚えていた。実子の連れ去りとはいえ、あまりにも計画が杜撰だ。

「それにしても……なぜ、こんなところを選んだんですか」

テープを巻き終わった天幕が貴之に聞いた。

他にも迷わないルートがあるだろう。そう言っていると歩子は認識したが、貴之は違う受け止め方をしたようだ。憔悴していた目に光が戻り、片手で息子を抱き寄せた。

「……この子を取り返しに来ました」

則之の目にも決意が宿っている。

「取り返す？　それは、つまり――」

ただの連れ去りではない。知る限り、最悪のケースかもしれない。

「家族の問題です。警察のお世話になることではありません」

貴之は壁を作った。

「駐車場の方向を教えていただけますか。あとは我々だけで大丈夫です」

則之が天幕に尋ねた。

「それはできません」

歩子が割って入った。ここで貴之たちを解放するという選択肢は無い。

「自分の子供と帰るだけです」

貴之は語気を強めた。

「奥さんから通報を受けています。来夢くんのことをとても心配していますよ」

「妻とは……」

貴之は言いよどみ、来夢に目をやった。子供の前では話しにくいのだろう。

「来夢くん、ちょっと来てくれる？」

天幕が笑顔で来夢を手招きした。

「お口の中、見せてほしいんだ」

「おくち？」

来夢は首を傾げた。

父親からも「見てもらいな」と送り出され、おそるおそる踏み出す。

天幕は「大丈夫だよ。おじさんもそばにいるからね」と則之に笑顔を向けた。則之も「うん、大丈夫」と応じる。来夢は安堵《あんど》の顔で則之の隣に立った。

「はい、あーん」

天幕が自分の口を大きく開け、来夢も真似する。

その様子を横目に貴之は来夢から少し距離を取った。話したいことがあるのだと察した歩子は貴之に近づいた。

「来夢を連れ去ったのは妻の方です」

小声だったが怒気を含んでいた。

実子誘拐を先に仕掛けたのは好美。そうなると見え方がだいぶ変わる。

「私たちは東京に家族三人で住んでいました。三ヶ月前、出張から帰ると、妻と来夢がいなくなっていたんです。思いつく限り連絡を取りましたが、行き先はわかりませんでした。それきり音信不通となり、私は突然息子を失ってしまった」

「警察には届けたんですか」

「もちろんですよ」

「では、こんなことしなくても……」

すると、貴之は辟易《へきえき》したように鼻を鳴らした。

「警察は、むしろ私を逮捕しそうな勢いでしたよ」

嫌な予感がした。

「奥さんが出て行った理由は？」

「DVだそうです」

「……」

歩子は小さく溜息をついた。

「私は断じて妻や子供に暴力などふるっていません」

この場でDVの有無を判断することはできない。来夢の父親に対する懐き方を見れば、父子の関係は良好であると思われるが、妻にのみＤＶを行っている可能性もある。

「役所にも妻の転出先を調べに行きましたが、追い返されました」

貴之は吐き出すように言った。

実子誘拐の対応強化を指示されても、それが絵に描いた餅になることを現場の警官たちは知っている。子供を連れ去られたと訴えがあっても、その親にＤＶの疑いがあれば、警察は危険なＤＶ加害者として扱うからだ。配偶者や子供に接近しようとすれば、逮捕も辞さない。つまり、訴えた親の敵に警察が回るということだ。警察にも事情がある。接近禁止命令を無視したストーカーに元恋人や元配偶者が殺される事件は後を絶たない。ＤＶ加害者と疑われる人物から被害者母子を守る義務も警察には課せられているのだ。

役所も同じ理由でＤＶ被害者の転居先を第三者に教えない。ＤＶを繰り返す夫から逃げ出した母子が新天地で安全に暮らせるよう役所が配慮するのは当然だろう。しかし――。

「嘘をついているのは妻です」

貴之の表情は悲痛だった。

来夢と貴之の引き離しは国の意志でもある。ＤＶ被害者の救済という絶対的な正義の名の下、「ＤＶ防止法」は審議もされず成立した。それにより守られた被害者も多い。

しかし、同時に法を悪用する手口も横行している。虚偽のDV被害を訴えることで、配偶者の手足をもぎ、連れ去りの捜索を断念させるのだ。警察は法に従うことしかできない。たとえ悪用されていたとしても。

「なぜ、札幌に？」

「妻は今、市内のどこかに住んでいるようです。私も妻も実家は遠方ですが、大学がここでした。市内には大学時代の友人たちが残っているので、ひょっとしたらとは思っていたのですが、昨日、連絡があるまで確信はありませんでした」

「連絡？」

「妻と共通の友人からです。今日のバーベキューに誘われて、妻が来ることを知ったそうです。そいつは私に同情してくれていたので、バーベキューの誘いを断り、メールをくれました」

「わざわざこんな危険を冒したのは？」

「妻は誰にも住所を明かしていません。友人も昨日まで妻が札幌にいると知らなかったそうです。普段は家に閉じこもっているらしいので、今日を逃せば次はいつになるか……」

「それで急遽《きゆうきよ》、東京から来たと？」

貴之はうなずいた。

だから計画が杜撰だったのか。

「他に方法は無かったんですか」

「方法？　何があると言うんですか。裁判したって来夢は取られる。あなた達がそうしているんでしょう」

「……」

「……失礼しました。刑事さんに八つ当たりしても仕方ないですよね」

「いえ……」

歩子は言い返せなかった。

貴之の話が本当ならば、来夢を取り戻すことは難しい。たとえ正攻法で裁判を起こしても親権は好美に与えられる可能性が高いからだ。この国では、子供と暮らしている親が引き続き親権を持つべきという「継続性の原則」が優先される。虐待している親が子供を連れ去った場合であっても、その親に親権を渡す裁判官がいる。子供が悲惨な末路を迎えても彼らは責任を取らない。実子誘拐を行う者はこの慣例を盾にして、親権を奪うところまで初めから想定しているのだ。

「今、取り返さないと、もう二度と来夢に会えないかもしれない」

貴之はすでに法制度を調べ尽くしているのだろう。そして、絶望している。

離婚する夫婦はたいていい子供との定期的な面会を約束する。しかし、計画的な親子引き離しに遭った場合、その約束すら重苦の引き金となる。面会日に突然予定をキャンセルされるなどして、約束を反故《ほご》にされ続けるのだ。それを調停する人員もいない。子供と会えない親が怒れば、奪った側にとってなお好都合。感情をコントロールできない人間だからと一方的に面会交流を打ち切ることができる。結果、奪われた側は数年、十数年と子供に会えず、人生を破壊される。

「来夢を失うくらいなら逮捕される方がマシです」

実力行使に出た父親。その口ぶりは、国や警察に一切期待していないようだった。

「持ちかけたのは俺です。来夢を連れ出したのも」

いつしか則之がすぐそばに来ていた。天幕の処置のおかげで、かろうじて立てるようになっている。

「来夢は俺にとっても大事な甥《おい》っ子です。それに理由も無く、兄が息子を失うなんて理不尽すぎる」

「来夢くんをどうやって連れ出したんですか」

「どうやっても何も。あいつら来夢のことなんか見てませんでしたよ。兄は顔が割れているから俺がテントから連れ出しましたが、あの様子なら兄が行っても気づかなかったと思う」

スナック菓子だけ与えて、子供から目を離す怠慢。行方不明になった途端の憔悴ぶり。そして、実子誘拐。これまでの好美の行動は一貫性が無いように感じる。

「奥さんが来夢くんを連れ去った理由はわからないままですか」

「はい……恥ずかしながら妻が消えるまで幸せな家族だと自負していました。不満があったのなら言ってほしかった……女性からすると、これは甘えに映るんでしょうか」

「……」

歩子はまた言葉に窮した。明らかに仕事の範疇《はんちゅう》を超えた質問だし、そもそも答えが出せない。

疑問も残る。なぜ、好美は貴之との関係を警察に話さなかったのか。彼女は誘拐だと確信していた。貴之が来夢を連れ戻しに来ることを常に恐れているからだろう。しかし、そうであれば初めから別居の経緯を明かした方が、話は早いはずだ。

「こっちですよぉ！」

天幕が茂みの向こうに大声で呼びかけた。

耳を澄ますと、遠方で声がする。応援が来たようだ。

「増田さん、警察としてはお二人の行為を見過ごすことはできません」

「妻の誘拐は見過ごしたのに、ですか」

貴之は警察への不信感を隠さなかった。

歩子は刺激しないように続けた。

「……それに、弟さんはまだ長く歩くことはできないでしょう」

「貴ちゃん、俺は大丈夫だ」

則之が歩いてみせた。が、数歩進んだだけで痛みに顔を歪《ゆが》める。

「……いざとなったら来夢と先に行け」

貴之は弟と息子を交互に見つめた。

「……警察から逃げながら来夢を育てることはできないよ。あの子は当たり前の生活を当たり前に送るべきだ」

「父親と引き離されるのが当たり前なわけないだろ」

則之が憤る。

そこに救助隊と警官が到着した。

「児童は無事ですか」

警官が歩子に尋ねた。

「はい」

来夢は天幕と一緒にこちらを見ている。

警官四人が、貴之と則之を取り押さえた。

来夢の顔が恐怖で引きつる。

連れ去りはお咎《とが》めなし。連れ戻しは逮捕。たとえ理不尽でも覚悟していたのだろう。

貴之も則之も抵抗しなかった。

「待ってください」

考える前に体が動いていた。

歩子に割って入られた警官が顔をしかめ、口を開く。

「DVの――」

「知っています」

その先は言わせない。あの子に、来夢に、聞かせるわけにはいかない。

戸惑う警官に歩子は小声で事情を話した。

「しかし……」

警官同士で顔を見合わせる。

「責任は私が取ります」

歩子は「責任」という言葉に力を込めた。

警官たちが拘束を解いたのは温情ではない。歩子同様、対処に迷ったのだ。幸い、貴之と則之が大人しく従う意思を示しているため、救助という形で公園に連れていくこととなった。いずれにしても来夢は好美のもとへ帰される。

「霧谷さん、大丈夫ですか。責任取るなんて言って」

都築が心配している。

歩子は肩をすくめた。咄嗟に出た言葉だったが、後悔はしていない。内心では辞表を有効活用できると、妙な正当化すらしていた。

「来夢くん、もう一度あーんして」

天幕が来夢を横に立たせて、救助隊に何やら説明していた。

来夢が素直に口を開ける。歯肉が腫れていた。歯が悪いというのは本当のようだ。

「それと、ここも」

天幕は来夢の脚を指した。半ズボンの裾あたり、太ももの内側が赤くなっている。打撲のようには見えないが、明らかに異常を示していた。

「今回の冒険とは直接関係ありませんが、記録しておいた方がいいと思います」

「冒険？」

天幕が「誘拐」を「冒険」と言い換えていることに救助隊員が引っかかった。

「楽しかったかな」

天幕は笑顔で来夢を見た。

「また、ぼうけんしたい……パパとおじさんと」

来夢がつぶやく。

救助隊員は納得したように来夢の頭をなでて、担架に寝かせた。

歩子も訂正する気にはならなかった。父と母それぞれに誘拐されたなどと五歳の子供に言う必要はない。

事実だけ見れば、行方不明になった子供が無事戻ったことになる。しかし、その家族は元に戻らない。来夢は片親を失うことになるだろう。

来夢と則之が救助隊に担架で運ばれ、貴之は警官たちと共に公園へ向かった。

「彼らはどうなるんですか」

公園までの道中、天幕は真顔だった。

「……奥さん次第でしょうね」

歩子にはそれしか言えなかった。

「そうですか」

天幕はそれきり沈黙した。

5

河原に出ると、淀《よど》んだ空が見えた。林の中では気づかなかったが、また雨雲がやって来たようだ。

「パパは?」

担架に寝そべった来夢が心細そうに聞いた。

「すぐそばにいるよ」

　歩子は微笑んだ。

　大人の足なら川を渡ることは難しくないものの万が一を考慮し、来夢と則之を乗せた担架は遠方の橋を迂回《うかい》することになっていた。救急車もその付近に停めているはずだ。

「来夢！」

　悲鳴に近い呼び声が響いた。

　対岸から好美が川を渡り、駆け寄ってくる。

「来夢！　ケガしてない？」

　取り乱した母親と対照的に来夢は落ち着いている。

　則之を乗せた担架がその横を通り過ぎた。

「パパとぼうけんしてただけだよ」

　来夢は眠そうだ。無理もない。大人でも疲れる。

　好美は複雑な表情で「そう……」とだけ答えた。

「衰弱していますが、深刻な状態ではありませんのでご安心ください。念のため救急車まで運びます」

　救助隊が説明すると好美は落ち着きを取り戻した。

運ばれていく来夢を静かに見守っている。

が、振り返った途端に目を尖らせた。

警官と共に戻ってきた貴之が視界に入ったのだ。

「お巡《まわ》りさん、この人を捕まえてください！」

好美は絶叫した。

貴之も怒声を返す。

「逮捕されるべきはそっちだ！　来夢は渡さないからな！」

「お巡りさん！　私と息子はこの人からDVを受けたんです！　近づけないでください！」

好美と貴之が接触しないよう都築が間に立った。歩子は好美をやんわりと抑え、貴之を警官二人が静止する。

「嘘をつくな！　どこに傷があるんだ！」

貴之に詰められた好美はうつむいて黙った。

「ほら見ろ、答えられないじゃないか！」

貴之の言うとおり、DVは好美の虚偽なのか。この場では判定のしようがない。これまでの振る舞いから、貴之が家族に暴力を振るうようには思えない。しかし、第三者の前では温厚でも本性は残忍なDV夫などいくらでもいる。

「なんとか言え！」

貴之に一喝されると、好美はゆっくり顔を上げた。

「精神的なＤＶです」

別人のように冷静な声だった。

今度は貴之が言葉を詰まらせた。

「なんだよ、それ……」

「毎日、私を貶《おとし》めるような言葉を投げつけてきました。来夢に対しても」

「嘘だ！　俺が何を言った？」

「それを今ここで言う必要はありません」

立て板に水。好美はまるで用意してあったかのように理屈を並べる。いつしかその顔からは感情が消えていた。ついさっき絶叫していたのが嘘のように堂々としている。

「そんな曖昧な話、いくらでも捏造《ねつぞう》できる！」

「私たちはＤＶのシェルターでお世話になりました。それが証拠です」

「馬鹿な！　そんなことが証拠になるわけない」

「いいえ、シェルター利用の事実は裁判所も証拠として認めます」

「……どうしちゃったんだよ」

貴之が青ざめた。

どちらが本当のことを言っている?

精神的DVとなれば傍目《はため》からはわかりにくい。傷や痣《あざ》が無くても深刻なDVが行われていた可能性は充分にある。しかし、無表情で断言し続ける好美に歩子は異様なものを感じていた。

「好美、本当のこと言ってくれよ。せめて何が不満だったのか教えてくれ。来夢を失ったら俺は生きていけない」

もはや懇願だった。

事実はどうであれ、状況は貴之が圧倒的に不利だ。この後、好美の出方次第では起訴もあり得る。

「あのう」

場違いに呑気《のんき》な声が背後から聞こえた。

天幕が恐縮したように鼻の頭をかいている。

「こんなときに申し訳ないんですけど、来夢くんのことで一つ心配が……」

好美に表情が戻った。

「来夢がどうしたんですか」

「来夢くんは歯肉が腫れていました。それと太ももの内側が赤みを帯びています。お父さん、これは以前からですか」

天幕に聞かれた貴之は首を横に振った。

「いえ。連れ去られる前はそんなことなかったので、私も驚いていました」

「歯医者には明日行くつもりでした！　子供が虫歯になるのはおかしいことじゃないでしょ！」

好美が叫んだ。先ほどまでの冷静さは吹き飛んでいる。

天幕は遠くの点になった来夢に目をやった。

「……来夢くん、虫歯じゃないと思いますよ」

「じゃあ、何だって言うんです？」

好美の詰問に天幕は動じなかった。

「おそらく……壊血病です」

好美と貴之の呼吸が同時に止まった。

「壊血病？」

聞き覚えはある。学生の頃、世界史の授業で習ったはずだ。大航海時代の船乗りを死に追いやった病気。

「今時、壊血病なんて……」

貴之の疑問に歩子も同意する。現代の公園で告げられる病名としてはあまりにミスマッチが過ぎる。

警官や救助隊も唖然としていた。

視線が自分に集中していることに気づき、天幕は長身を縮こまらせた。

「すみません、医師でもないのについ……正確なことは病院で……」

「いえ、聞かせてください」

貴之が先を促す。

「えーと……じゃあ……」

天幕はためらいつつ説明を始めた。

「壊血病はビタミンCが長期間摂取されず、体内から失われることで発症します。昔は野菜などの保存ができなかったので、長期間の船旅ではビタミンが不足し、多くの犠牲者が出ました。発症すると、血管や皮膚の張りが失われ、全身から出血するようになり、最後には死亡します」

「死亡……」

好美がうろたえる。

「……しかし、それは大昔の病気ですよね」

歩子は、まだ腑に落ちなかった。

「壊血病は現代でも毎年多くの人が発症しています。それも食べ物が豊富な先進国で。栄養が偏る環境は大昔の海上だけでなく、現代の都市にも生まれるからです」

「なぜ、来夢くんが壊血病だと？」

「大腿部《だいたい》の大きな痣、歯茎の腫れと出血、そして脱力感。来夢くんの状態は壊血病の初期症状に似ています」

その場の全員が好美を見た。

バーベキューに来てもスナック菓子だけ与えられていた来夢。もし、それが常態化していたら——。歩子は怒りを覚えている自分に気づいた。

「好美……お前……」

「来ないで！」

詰め寄ろうとした貴之に好美が怒鳴った。

「仕方ないじゃない！　私の作ったもの食べないんだから！　お菓子しか食べないのよ！」

子供に適切な食事を与えず、栄養障害を引き起こしたとなれば、育児放棄《ネグレクト》。児童虐待だ。

そういうことか。

歩子は、好美が初めから夫による連れ去りの可能性を告げなかった理由を察した。

来夢が川に流されたと通報した後で、好美は貴之の存在を思い出し、警察に誘拐だと訴えた。しかし、夫の連れ去りかもしれないと明かせば、当然詳細を確認され、D

V被害にも話が及ぶ。夫婦で親権を争っていることも知られる。それは都合が悪い。子供から目を離し、酒を飲んでいただけでなく、子供にテントで一人スナック菓子を食べさせていた行為が注目される。それは親権争いのマイナス材料になる。貴之の仕業という確証も無い。本物の凶悪犯による誘拐かもしれない。だから、とにかく周辺の捜査をしろとだけ要求した。貴之の急ごしらえの連れ去り計画も杜撰だったが、同様の理由で好美の対応も杜撰だった。いや、杜撰どころか、内心ではパニックを起こしていたのだろう。

「……来夢の様子がおかしいことに気づかなかったのか」

「気づいてたわよ！　でも、どうしようもないじゃない！　あの子は野菜も肉も嫌いだし、私は仕事を探さないといけないし……でも、あなたの目が怖くて、あの子を外に連れ出すこともできない。だから……私だって辛《つら》かったのよ！」

見苦しい自己弁護は突然の大雨にかき消された。

歩子も視界と耳が同時にふさがれ、服がびしょ濡れになった。

「あちらにテントがありますので！」

雨音に負けないよう救助隊員が叫ぶ。

川を渡ってすぐの場所に仮設テントがあった。

避難し始めてすぐ、歩子は天幕が消えていることに気づいた。

「――何者なんですか」

都築が隣に来てぼそっと言った。

「え?」

雨音で聞こえない。

「あの天幕って人!　何者なんですか!」

「私も!　今日!　会ったばかり!　なんだけど!」

大声を出しながら目を凝らす。やはり天幕の姿はどこにも無い。来夢が無事とわかり、帰ったのだろうか。正確な病状は医師の診断を待つ必要があるが、好美が来夢にまともな栄養を与えていなかったことを天幕が見抜いたのは事実だ。ヘラヘラして気が弱そうな風貌に反し、妙に洞察が鋭い。どうにも摑《つか》めない人物だ。

「キャンプガイドって!　どんな!　仕事なんですか!」

歩子はそばを歩いていた救助隊員に大声で尋ねた。天幕を紹介してくれた隊員だ。

「ガイドですよ!　キャンプやアウトドアの!」

それは聞いている。

「病気にも詳しいんですか!」

救助隊員は首を捻り、顔の雨水を手で拭った。

「そういえば!　前に言ってました!　長期登山には!　――学が必要だとか」

「え？　何が必要？」

「栄！　養！　学！」

登山か。歩子は子供の頃に二、三度経験がある程度だ。

「でも！　天幕さんといえば！　やっぱり――」

最後は雨音が遮った。

歩子が聞き返す間もなく、救助隊員は忙しそうに走り去っていった。

6

一面が丸々開放されているにもかかわらず、仮設テントには息苦しさが充満していた。雨宿りする歩子ら警官たちを挟んで、貴之と好美がテントの両端に離れて立っている。

「もう話すことはありません。この人を早く逮捕してください」

好美は貴之を顎でしゃくった。

「いい加減にしろ！」

貴之が怒声をかぶせる。

警官が困ったように歩子の顔をうかがった。

「旦那さんは、奥さんが先に来夢くんを連れ去ったと仰《おつしや》っています」

歩子はできるだけ穏やかに説明しようと努めたが、その甲斐《かい》なく好美は沸騰した。

「DVを受けたからです！　子供を連れて逃げるのは当然じゃないですか！」

「虐待をしているのはお前だろ！」

好美はあからさまに動揺した。育児放棄を自白したことは好美にとって痛い失点だった。

「ち……ちがう！　私のせいじゃない！」

好美の口からは幼稚な言い訳しか飛び出さなくなった。

一瞬とはいえ、夫のDVを理路整然と責め立てたのは何だったのか。

「あのっ！　よかったら、これ」

テントに飛び込んできた救助隊員がハンドタオルを配り始めた。

歩子は受け取ったタオルを好美に差し出した。

好美は震える手でタオルをつかみ、顔に当てた。

やがて雨音にまじり、好美のすすり泣きが聞こえ始めた。

「……私の……せいじゃない」

「勝手なことばかり……」

貴之は怒りで声を震わせている。

「奥さんは本当に来夢くんを連れ去りたかったんですか」

歩子はずっと引っかかっていた疑問を口にした。

好美はタオルに顔をうずめたままだ。

「奥さんに来夢くんの連れ去りを指示した人間がいるんじゃありませんか」

すすり泣きが消え、雨音がテントを支配した。

実子誘拐までしておきながら子供を放置。冷徹に夫のDVを主張する一方で、イージーなミスを繰り返す。同一人物とは思えないほど好美の行動や反応は支離滅裂だ。考えられる理由は一つだった。

「指示？　他に誰が来夢を誘拐したがるんですか」

貴之が怪訝《けげん》そうな顔をした。

「失礼ですが、来夢くんを連れて出てからの行動は、奥さんお一人で考えたものではありませんよね」

好美はゆっくりタオルを下ろした。

「答えてくれ、好美。何があったんだ」

自分の妻が知らないうちに知らない人間になっている不気味さ。貴之の表情は怒りから恐怖に変わっていた。

「……弁護士よ」

好美は目をつぶり、吐き出すように言った。

「弁護士？　あいつか……」

貴之の視線が宙を泳いだ。

「ご存じなんですか」

「妻と来夢がいなくなった翌日、弁護士と名乗る女性から連絡が来ました。離婚に向けて協議したいが、まずは別居中の婚姻費用を払えと」

「翌日？」

段取りが良すぎる。

やはり――。

「初めからグルだったのか」

貴之が歯ぎしりして好美を睨んだ。

歩子は背景を理解した。弁護士の指示による実子誘拐はレアケースではない。

「その弁護士にDVを相談したんですか」

「いえ……私から相談に行ったんじゃないんです……」

好美は記憶をたぐるように言葉を紡いだ。

「きっかけは市役所で案内された相談会でした。そこで日常の不満を書き出すよう言われて……よく覚えていないんですが、最後に無料でアドバイスしてくれる弁護士を紹介されました。それで……」

「会いに行ったんですね」

「はい……どうしてなのか……ちょっとストレスが溜《た》まっていたこともあって……子育てや夫への不満を聞いてほしくて……」

「不満というのはDVですか」

「……いえ……そのときはDVを受けていることに自分でも気づいていませんでした。でも、色々お話ししているうちに、それはDVだよって教えられて……」

「ふざけ……」

口を挟もうとする貴之を歩子が手で制した。

好美は憎しみのこもった視線を貴之に向けた。

「来夢の偏食を相談しても上の空だったじゃない……子育てを全部私に押しつけて……」

「押しつける？　来夢を風呂に入れるのも歯磨きも俺がやっていただろ。寝かしつけだって。それでも全部お前に押しつけていたって言うのか」

「私の苦労を理解していないのよ！　気に入らないことがあれば、怒鳴るし」

「お前だってヒステリックに大声を出すだろうが。夫婦喧嘩《げんか》がどうして一方的なDVになるんだ」

「それは……あなたは意識していなかったかもしれないけど……他にも嫌がらせを日々私にしていたのよ」

「具体的に言え！」

「ほら、そうやって！」

やった、やってないの平行線。話にならない。警官たちにも諦めの空気が漂っている。

「奥さんは弁護士たちに言われるまで自分がＤＶを受けていると感じていなかったんですね」

「え……ええ。そういう女性は多いそうです」

「弁護士に、あなたはＤＶの被害者だと教えられ、来夢くんの連れ去りも指示されたということですか」

「……はい」

「なんなんだ、あいつ！」

貴之が顔を赤くする。

歩子は構わず続けた。

「弁護士との相談にお金は？」

「いえ……私、大金は出せませんので」

困っている女性を無償で助ける弁護士。ＤＶの被害者にとって、これほど頼れる存在は無いだろう。しかし、弱ったヒツジに笑顔で近寄ってくるのは常にオオカミだ。

「今後もお金を払う予定は無いんですか」

「……」

「支払いは発生するんですね」

「婚姻費用と……離婚後は養育費から……毎月十パーセントを」

「いつまで？」

「来夢が成人するまでです」

貴之は目をむいた。

「それは……つまり、これから十五年間ずっと毎月弁護士に払い続けるということじゃないか！」

弁護士からすれば、一回あたりの実入りは少なくても実質の不労所得が長期にわたり続く。夫婦を引き離し、夫からの支払いさえ設定してしまえば、弁護士の仕事は終わり、手がかからない。好美のような顧客を大勢抱えることで、まとまった額が毎月入り続けることになる。集客に困っている弁護士事務所にとって定期収入の存在は大きい。

「好美……おかしいと思わなかったのか？　ちょっと冷静になればわかるだろ」

「……だって……逃げた方がいいって……いい方法があるって……」

「それが誘拐かよ」

「誘拐じゃない！　子供は母親といる方が幸せなの！」

「それも弁護士に吹き込まれたのか！」

「……怒らないでよ」

好美はまたタオルで顔を押さえた。

これ以上、立ち入るべきではない。警察官としての一線。越えても得のない一線。

頭に浮かんだのは、二人で口を大きく開けている天幕と来夢の姿だった。

「奥さん、あなたは旦那さんを犯罪者として訴えようとしています。本当に後悔しませんか」

歩子は線を越えた。

いつしか雨が止《や》んでいる。

「……後悔は……毎日しています」

好美はぽつりぽつりと話し始めた。

「家を出てから少しすると、来夢は毎晩父親を恋しがるようになりました。どんなに来夢のことを考えて頑張っても、父親に会いたいと言って泣かれると……イライラしてしまって。もう……限界でした」

「ご実家の援助は？」

「夫に見つかるので実家に戻ることはできません。お金の援助はしてもらうつもりでしたが、思っていたより少なくて……弁護士から生活保護も勧められましたが、それは断りました……でも、やっぱり将来が不安で……来夢と二人きりの生活に疲れてしまって……だから今日……久しぶりに友達と会って……」

はしゃぎすぎてしまった――。

子供を先に連れ去った母親。優位に立ったつもりが追い詰められ、そのストレスは自分も子供も不幸にした。

それでも歩子は好美に同情することができなかった。もともとの性格なのか、我慢の限界を超えたせいなのか、好美の口から出るのは自己憐憫《れんびん》と責任転嫁ばかり。子供より自分を優先している。この母親と暮らすことが来夢にとって幸せなのか……。

「ママ！」

幼い声が響いた。

テントの外に来夢と則之が立っていた。都築と救助隊が付き添っている。

「病院へ行く前に会いたいと……」

都築が言い終わらないうちに来夢は好美に駆け寄り、抱きついた。

「来夢！」

好美は膝をつき、我が子を抱きしめる。

「ごめんね……ごめんね……」

来夢は母親の胸に横顔を押しつけた。

歩子はそっとテントを出た。警官たちも後に続く。

「ネグレクトされても母親のことが好きなんですね」

都築がつぶやいた。

「どんな母親であっても……ね」

歩子は自分に言い聞かせるように答えた。

「ママ……まえのおうちにかえろ？　パパといっしょにかえろ？」

来夢はか細い声で訴えた。子供ながらにそれが難しい願いであることを察しているのだろう。母親の返答をじっと待っている。実際、貴之と好美の関係が簡単に修復できるとは思えない。結局これは警察に解決できない問題なのだ。

「あのう」

テントの陰からニコニコ顔がにょきっと飛び出した。

「天幕さん！　どこにいたんですか」

歩子が驚いて後ずさると、天幕は鼻をかいた。

「よかったらバーベキューの続きをしませんか？　来夢くんとご両親も一緒に」

「は？」

空気が読めないどころじゃない。

テントの中の家族三人も呆気に取られている。

しかし、天幕はお構いなしでテントを覗《のぞ》いた。

「ささ、どうぞ。準備もできていますので」

いつの間にかテントのすぐそばにバーベキュー台が組まれていた。周りには好美の友人たちが集まっている。これまたいつの間にか天幕と仲良くなっていて、その指示どおりに手際よくバーベキューの準備をしていた。

「霧谷さん、なんですか、これ？」

都築が眉間にしわを寄せる。

「私に聞かないでよ……」

戸惑っている歩子たちの横で、則之が松葉杖《まつばづえ》をついて歩き出した。

「来夢、行ってみよう」

則之に呼ばれ、来夢が興味津々の顔でテントを出た。叔父にも懐いているようだ。

「来夢くんの体調は大丈夫なの？」

聞くと、都築の表情に明るさが戻った。

「ええ。やはり栄養失調のようですが、一刻を争うほどではないみたいです」

「そう……よかった」

胸をなでおろして、ふとテントを覗くと、貴之が困惑したようにこちらを見ていた。

歩子は微笑んでうなずいてみせた。天幕の意図は不明だが、これは来夢の家族が揃って食事をする最後の機会かもしれない。

「でも、バーベキューにしちゃあ、ちょっと地味ですね」

都築が冷めた口調でぶつくさ言った。

歩子も地味に感じた。バーベキューの網に肉や野菜は載っていない。代わりにアルミホイルの包みがいくつも並んでいるだけだ。

「いい頃合いですね」

天幕がアルミホイルの包みを開いた。

途端に食欲をそそる匂いが歩子の鼻をくすぐった。ホイルの中には柔らかそうな肉やエノキ、玉ねぎ、キャベツが入っていた。皿状に広げられたアルミホイルの底には肉汁が溜まっている。

「ひえー！　うまそー」

鉄板を川につけて注意されていた半ズボンが箸を伸ばす。一口大に切ってある肉を口に放り込むと、吠《ほ》えた。

「うめえ！　天幕さん、うますぎですよ！」

他の面子《メンツ》も次々と箸をつけ、順に顔をほころばせる。

貴之と好美は茫然《ぼうぜん》と立ち尽くしていた。表情は硬い。が、先ほどまでの険悪な空気は霧散している。

「お父さんとお母さんもどうぞ。弟さんも」

天幕が手招きした。

「いえ……今は……」

好美が首を振ると半ズボンがまた吠えた。

「いいから食べてみ！　マジでうまいから！」

他の友人たちも一斉に勧める。皆、微笑んでいるが、好美を心配している様子も窺《うかが》えた。

「でも……」

好美がためらっていると、貴之が箸を手に取った。

驚く好美の前で肉を口に入れ、二、三度嚙《か》んで目を丸くする。

「ほんとだ！　これはうまい！　肉がほろほろですね！」

「野菜もうまい！　肉汁が染み込んでいて。店で食べてるみたいだ！」

隣で則之も舌鼓を打つ。

「本当だ！　この玉ねぎヤバイ！」

「キャベツもうまい！」

「こんなうまいエノキ初めて食った！」

喝采が立て続く。

「アルミホイルで包んでいるので、肉汁が野菜に染み込むんですよ。網で直接焼くのとは違った味わいがありますよね」

天幕が笑顔で説明した。

「……食べてみたら？」

貴之が好美に箸を渡した。

「……うん」

好美はおそるおそる箸を受け取り、玉ねぎを食べた。

「……おいしい」

憑《つ》き物が落ちたように好美は静かにつぶやいた。

「くそ……俺も食いたい」

都築が生唾を飲み込む。

そういえばお腹が空《す》いた。しかし、さすがに刑事がご相伴にあずかるわけにはいかない。

「アルミホイルの包み焼きは味も抜群ですが……」

天幕は言いながら、空になったホイルを丸く潰した。

「後片付けも簡単なんです」

「いいですね！　最高！」

半ズボンがおどけた。

「あんたは火をおこすのも一苦労でしょ」

仲間が突っ込み、笑いが起きる。

盛り上がる大人たちを来夢が不思議そうに見ていた。

「来夢くんも食べてごらん。美味《おい》しいよ」

天幕が近寄って来夢の目線に屈んだ。

「やだ！」

来夢はぷいと横を向いた。

「来夢！」

貴之が慌てる。

「だって、おいしくないもん」

「いいから一口食べてごらん。本当に美味しいから」

貴之は箸で小さなキャベツを差し出した。

「いらない」

「ほら、せっかく作ってくれたんだから」

「うー」

来夢はしぶしぶキャベツを口に入れたが、すぐに「べっ」と吐き出した。

「やっぱりおいしくない！」

「こら！　来夢！」

「そっかぁ。ダメだったかぁ」

天幕が鼻をかいた。

「よし、じゃあ。今度、野菜とお肉が大好きになるキャンプをしようか」

「きゃんぷ？」

来夢が首をかしげる。

「そう。美味しくて、面白いキャンプ！　どお？」

「うん、やる！」

来夢が破顔した。

天幕は嬉《うれ》しそうに微笑んでから貴之と好美に振り返った。

「どうでしょう、来夢くんが元気になったら。お父さんとお母さんさえ良ければですが」

突然の提案に貴之と好美は戸惑ったように視線を合わせた。どちらも親の顔だった。

「……お願いします」

貴之が頭を下げると、好美も続いた。

7

実子誘拐の騒ぎから二週間後。当直明けの歩子は淡々と書類を整理していた。不思議なことにこの二週間は心が軽かった。重大事件が起こらず、事務仕事に明け暮れていたこともあるが、胸の奥で張り詰めていた何かが緩んだ気がする。

「お疲れ様です」

都築が出勤してきた。

「増田好美、訴えなかったみたいですね」

「気にしてたの？　らしくないね」

上昇志向が強く、他部署への応援に消極的な都築は、てっきり来夢の家族を頭から消し去っていると思っていた。

「いや、ちょっと地域課で小耳に挟んだんで。あの子も元気になったんですね」

都築は隣に座った。

「うん、一週間ほど入院したみたいだけど、ビタミンCを補給したらすぐ元気になったって」

来夢の入院中、貴之と好美の離婚協議が行われた。冷静になった好美は、育児放棄の事実を認め、定期的な面会を条件に貴之が親権を持つことになった。DVについても虚偽や誇張だったことを明かした。

一方で貴之も、連れ去りを行う前の好美は育児放棄などする人間ではなかったと証言している。

大きな問題を抱えているわけではなかった家族。それが短期間で分断された背景を好美が告白した。

発端は来夢の偏食だった。心配した好美は役所から案内された相談会を訪れ、そこで罠《わな》に引っかかった。某NPOから派遣されたという相談員に来夢の偏食はストレスによるものだと断言された。好美は当初まともに取り合わなかったが、相談員は説得するようにまくしたてた。「日頃、夫から小言を言われてないか」「夫は家事をしっかり手伝っていないのではないか」「小遣いが少ないのではないか」全てにNOと答えられる夫婦など存在しない質問。しかし、繰り返されているうちに好美は夫への不満を募らせた。そして最後に相談員は好美の目を見て言った。

——あなたはDVを受けている。

その言葉は帰宅後も好美の胸に棘《とげ》として残った。数日後、好美はNPOに連絡し、

「DVに詳しい」という弁護士を紹介された。

弁護士には離婚を勧められた。

戸惑う好美に弁護士は告げた。

「離婚を切り出したところで夫は了承しない。だから、まずは子供を連れて逃げなさい。お金は大丈夫。離婚しなくても婚姻費用を相手から取ることができる。むしろ養育費よりも多くもらえるから、なるべく離婚までの期間を長引かせた方が得ですよ」

好美は迷ったが、弁護士の口説き文句は巧妙にマニュアル化されていた。

「あなたが子供を連れて行かないと、相手に連れ去られます。先に連れ去った者勝ちなんです」

その言葉で好美は落ちた。弁護士に言われるまま契約書を書き、来夢を連れ去った。翌日には弁護士が裁判所と貴之に手を回した。あらかじめ全ての流れが出来上がっていた。好美が来夢と家を出た時点で、婚姻費用とその先の養育費から十パーセントを弁護士に抜かれ続けることが確定した。

連れ去って一ヶ月は紹介されたDVシェルターに宿泊した。そこで貴之の悪い所を列挙させられた。夫への憎悪を定着させるプログラム。それは実子誘拐の正当化にもつながった。しかし、施設が来夢にも父親の嫌なところを挙げさせたのを見て疑問を抱いた。好美は早くシェルターを出たいと訴え、了承されたが、退所の前日、施設の責任者に念を押された。

「ＤＶ夫のもとに子供を帰したら、あなたも虐待したことになる。そうなれば、来夢くんはあなたとも引き離されて児童養護施設に行くことになります」

以来、好美にとって貴之の接近を許すことは、全てを奪われることを意味するようになった。


これのどこが救済なのか——。

好美の告白を伝え聞いた歩子は奥歯を嚙んだ。

男女問わず、配偶者からのＤＶ被害は夥《おびただ》しい数に上る。子供がＤＶによって死に至ることもある。歩子も悲惨な事件を目の当たりにしてきた。ＤＶへの対策は警察も国もまだまだ不十分だ。

しかし、ＤＶ防止の名目で作られた法や組織によって、理不尽に苦しめられる夫婦や子供が続出している。笑っているのは、そこにぶらさがる弁護士やＮＰＯ。法の杜撰さとそれを悪用する人間だ。ＤＶ被害者の救済に異を唱える人間はいないだろう。

「残念ですけど……警察にはお手上げですね」

都築は割り切っている。

そんなことはない。そう反論したかったが、言葉が出なかった。

たしかに、実子誘拐は警察が解決できるものではない。利益のために家族を崩壊させる弁護士もボロを出さない限り裁かれないし、何も知らない母子を魔の巣に送り込むNPOには国から補助金が出ている始末だ。一部の弁護士や議員が法改正を訴えているが、法務省の腰は重い。

歩子は係長席で新聞を広げる加我の背中をじっと見つめた。

「それで、あの子は本当に壊血病だったんですか」

都築が声色を明るくした。沈みかけた空気を変えようとしているのだろう。

「少なくとも、その一歩手前だったみたいね」

皮肉にも好美の育児放棄は来夢の心の傷を最小限に抑えた。連れ去った親は子供がもう片方の親を嫌いになるよう嘘を吹き込む。離婚成立後、子供に面会交流を拒否させるためだ。それは引き離された親だけでなく、子供の心にも大きな穴を空ける。自分は片親から愛されなかったと思い込み、残りの人生を生きるのだ。しかし、好美が育児放棄に陥ったことで来夢への洗脳も止まっていた。そのため貴之と再会した来夢は、すぐに父の愛情を再確認することができた。

好美の育児放棄。貴之の暴走。本来なら責められる行為が無ければ、来夢はより暗い未来を背負う羽目になっていただろう。

「あの天幕って男……変な奴でしたね」

都築が椅子の背もたれに寄りかかった。

天幕包助。彼の存在も大きかった。林の中で来夢たちを見つけただけでなく、増田一家の悲劇をぎりぎりのところで食い止めたのは、あのニコニコ顔とバーベキューだ。

「市内のアウトドアツアー会社勤務。料理が評判でリピーター多数のキャンプガイド」

「え、調べたんですか」

「刑事だもの」

「怖《こ》えー」

バーベキューの後、天幕はあっという間に片付けを終え、帰ってしまった。

「霧谷さんに覚えられたら悪いことできませんね」

「人を警察犬みたいに言わないでくれる？」

「でも、あの男、どこか引っかかるんですよね」

「……どこが？」

「うーん。霧谷さんは引っかかりません？」

「気になることはある」

「やっぱり。まあ、終わった話ですけど」

「だから、これから会ってくる」

「……え、何しに？」

「それは秘密」

「ど、どうしてですか」

歩子は立ち上がった。

「ここからはプライベートだから」

8

桜の季節は完全に過ぎ、風が温かくなってきた。

二週間前に歩いた道を通って河原に出ると、いくつかの団体がバーベキューをしていた。

「刑事さん、来てくれたんですか」

貴之がハンカチで手を拭きながら近づいてきた。

歩子は立ち止まって会釈した。

「来夢くん、元気になったそうで、良かったですね」

「はい。元気すぎるくらいです」

貴之は休暇を取り、改めて札幌を訪れている。数日前、歩子にその報《しら》せがあった。

「あちーっ！　あちーっ」

貴之の視線の先で、来夢が火のついた薪を新聞紙で扇《あお》いでいる。扇ぐたびに火が強くなり、来夢は「あちーっ！」と繰り返す。楽しそうだ。

「もう扇がなくて大丈夫だよ」

来夢の隣では、天幕がカレーのルーを持って苦笑している。

歩子に気づくと、ぺこりと頭を下げた。

「ダッチオーブンというらしいですね」

貴之は目を細めている。

来夢が扇いでいる薪の上には金属製の鍋が支柱からぶら下がっていた。

「すっかり気に入ったみたいで、ずっとあの調子です」

すでに心を奪う匂いが漂っている。

「じゃあ、野菜を入れようか」

天幕は野菜の入った袋を来夢に手渡した。

「ぼくのきったやつ！」

玉ねぎ、人参、しめじ——。すでに細かく切ってある野菜を来夢は鍋の中に入れていく。

「来夢くん、すごいじゃないですか。立派に料理してますよ」

歩子は少しヒヤヒヤしながら来夢を見守った。

「入院している間もずっと今日を楽しみにしていたんですよ」

貴之は満足げな息子を見つめて言った。

「ずっと付き添われたんですか」

「ええ。妻……と交代で」

その声にためらいが含まれていることを歩子は感じ取った。もう好美とは夫婦ではない。この場に家族が揃っていないことからも元に戻れない現実が表れている。

「好美をそそのかした弁護士を訴えたかったんですが、難しいようです。法を犯したわけではないので」

「そうですか……」

一つの家族を崩壊させた〝善意〟の弁護士。実子誘拐を巡り、両親のどちらかが逮捕されることはあっても、それを促した弁護士が罰せられることはない。逮捕すべき相手を逮捕できない無力感。警察官になって以来、歩子が幾度も味わってきた汚泥だった。

「あっ、けいじのおばさん！」

来夢が歩子のもとへ走ってきた。

「来夢！　なんてこと言うんだ！」

父親に叱られ、来夢はきょとんとしている。

「いいんです。そうだよね、おばさんだもんね」

「おねえさんってこと？」

「いいの、いいの。気を遣わないで」

この話題は早く切り上げたかったので、全力でスルーすることにした。

「来夢、刑事さんだろ」

来夢は、ふうんと言って、歩子の目をまっすぐ見つめた。

「けいじさん、なにしにきたの？」

「来夢くんが、どんなごはん作るのかなって」

「たべたい？」

「いい？」

「いいよ！」

来夢はひとしきり跳ね回ると、父親に仕事ぶりを自慢し始めた。

その様子をニコニコ眺めながらカレーをかき混ぜている天幕に歩子は声をかけた。

「来夢くん、楽しんでいるみたいですね」

「ええ、よかった」

「お見立てどおり、来夢くんはビタミンC不足でした」

「そうらしいですね。でも、もう大丈夫ですよ」

「どうして、あの場で言ったんですか」

「ん？」

天幕は手を動かしたまま歩子に顔を向けた。

「来夢くんの症状は警察と救助が駆けつけた時点で、すでに気づいていましたよね？　なのに、黙っていたのはなぜですか」

「まあ……病院に連れて行けば正確な診断が出ることですから」

「でも、言った。好美さんの前で」

「すみません。つい余計なことを」

天幕があまりに申し訳なさそうにしたので歩子は慌てた。これではまるで取り調べじゃないか。

「いえいえ！　怒ってるんじゃないんです。ただ、天幕さんは初めから好美さんを怪しんでいたんじゃないですか」

「うーん。怪しいっていうのがよくわからないですけど……」

「いわば真犯人、ということです」

「真犯人ですか……」

天幕は苦笑する。

「そういうのは、あまり気にしていませんでした。警察じゃないので」

「では、何を考えていたんですか」

「何を？」

天幕は心底不思議そうな顔をした。

「そりゃ、来夢くんのことですよ。他に何が？」

そんな単純な話？

「あそこで壊血病の話をしたのも来夢くんのため？」

「ご両親にはお互い睨み合うんじゃなく、来夢くんに目を向けてほしかったんです。だから、つい……」

歩子は思わず、噴き出してしまった。

天幕はカレーを混ぜる手を止め、困惑している。

「……変な事言いました？」

「いえ、私の勘違いでした」

笑いが収まると、今度はわずかな自己嫌悪がやってきた。視野が狭くなっていた自分に辟易する。

「天幕さんが警察顔負けの活躍だったので、勝手に我々と同じ目線を押し付けてしまいました。職業病ですね。すみません」

「同じだと思ってましたけど。刑事さんも」

「……どういうことでしょう？」

「だって、増田さん兄弟が拘束されそうになったのを止めたのは来夢くんのためですよね」

なぜか、鼻の奥がつんとした。

「法律の事はよく知りませんが、あのまま他のお巡りさんたちに任せてしまった方が刑事さんにとっては楽だったんじゃないですか。でも……あなたは止めた」

「それは……」

胸にうっすらと温かさが広がっていく。

「そろそろ頃合いですね」

天幕が鍋の蓋を開けた。

芳醇《ほうじゅん》なカレーの匂いが気持ちを高揚させる。

「来夢くーん、できましたよー」

天幕が呼ぶと、来夢が急いで戻ってきた。

皿によそったカレーを皆で簡易テーブルに並べる。

「うまそうじゃないか」

野菜とキノコたっぷりのカレーを貴之が覗き込んだ。

「ぼくがつくったんだよ」

来夢&天幕のコンビが自信満々の笑顔を見せる。

「どれどれ」

貴之はカレーとライスを混ぜ、一口食べた。

当然「美味しい」と褒めるに決まっている。歩子もそのつもりで口に入れた。

なかなか言葉が出なかった。

貴之と目が合う。

二口目を食べた。

カレーの旨味に加え、奥深い味が口の中に広がる。濃厚でありながら全くクドくない。香辛料の風味とも違う。もっと根本的に「うまい」。

「こんなカレー初めてだ」

貴之がカレーをかきこむ。

「ぼくがつくったんだよ。ねえ？」

来夢が天幕を見て、にんまりする。

「何か特別なもの入れてます？」

非番とはいえ、刑事として訪れていることを一瞬忘れた。軽い気持ちで観た映画に号泣させられたときの感覚に近い。そのカラクリを知りたかった。

「いえ。ルーは市販のものです。野菜もスーパーで買いました。ご飯は、あきたこまちを少しだけ硬めに炊いています」

天幕はごく自然に答えた。

「……こんな美味しいカレー食べたことないです」

「美味しさの秘密は来夢くんの頑張りですよ」

天幕が来夢に微笑んだ。もはや二人は親戚同士にすら見える。

「頑張り……というと？」

「あのねー、まずねー、やさいとかキノコをちぎってねー、かわかすの」

「乾かす？」

「そう。みっかかん」

歩子はいまいちピンと来ず、貴之に目で通訳を求めた。

「三日前、天幕さんのお店に来夢とお邪魔して下準備からさせてもらったんです」

「パパはなんもしてない！　ぼくがしたの。ねえ？」

来夢が天幕に同意を求めた。

天幕は大きくうなずく。

「野菜やキノコは乾燥させることで軽くなり、持ち運びが楽になります。できるだけ荷物を減らさないといけない登山やアウトドアで乾燥野菜は強い味方です。でも、乾燥野菜のすごいところは軽さだけじゃない。旨味がぎゅっと凝縮されるんです」

「なるほど。だからこんなに濃厚なのか」

感心した貴之は、さらに一口。すでに皿の半分が空いている。

「ルーにも野菜の旨味が行き渡るので全体が奥深い味わいになるんです」

「そっかあ。たしかに来夢くんの頑張りで美味しくなったんだね」

「そうだよ」

来夢は誇らしげにカレーを食べている。

「来夢……野菜、大丈夫なのか」

貴之が驚いた。

「ぼくがつくったんだもん。おいしいにきまってるでしょ」

「そうか……そうだよな」

貴之は鼻をすすり、それを誤魔化すかのように再びカレーをかきこんだ。

一度失いかけた至福の時間。完璧とは到底言えないが、この状況は奇跡なのだ。

親権を巡っては、離婚後も両親が共に子供を監護する「共同親権」に制度を変更しようという動きも起きている。それは一歩間違えれば、本当のDV加害者にも子供が監護されてしまう危険をはらむ。しかし、そこまでしても実子誘拐の根本的な解決にはならない。DV防止法が虚偽DVに悪用されているように法律は常に悪用される。

「弱者救済」を道具に誰かを傷つけてでも甘い汁をすすろうとする人間はこれからも

跋扈《ばっこ》するだろう。

そのとき警察には何ができるのか、歩子はずっと思案していた。きっとできること
は悲しいほどに少ない。

でも、だからこそ、この時間、この食卓は守らないといけない。

歩子はもう一口食べた。

「本当に美味しい」

レストランでも味わえないような美味を自然の中で満喫する。こんな贅沢《ぜいたく》があった
のかとしみじみ感じた。気がつくと仕事や私生活の重荷を肩から下ろしている自分が
いた。これでビールも飲めたら最高だが、今日は我慢しよう。その代わり――。

「あのう、天幕さん」

「はい？」

「今度、お客さんとして来てもいいですか」

第二話

人食い山の刺身

1

刑事って休みの日、何してるの？

そう尋ねられるたび、歩子は同じように答えている。

皆と一緒だよ。

警察官だってプライベートはその辺の人と変わらない。家族サービスに奮闘する者もいれば、都築のように学生時代の友人と遊び回る者もいる。趣味に精を出す人も多い。係長の加我はゴルフコンペで幾度も優勝しているらしいし、交番で一緒だった先輩警官はアイドルのイベントに通っていた。責任と重圧が日々のしかかる警察官にとって定期的にリラックスできる環境を作るのも仕事の一環と言えなくもない。

歩子はどうなの？

そう続けられて言葉に窮するのもお決まりだった。休みの日は買い物に出るか、昇任試験の勉強をするぐらい。たまに友人から誘われて飲みに出掛けることもあるが、ほどほどを心がけている。趣味を見つけようなどとは考えたこともなかった。

退屈じゃない？

そうだろうか。警察の仕事を趣味と言ってのけることに抵抗はあるが、仕事を優先する人間は皆こんなものだろう。

でも、だからこそ今の状況は自分でも意外だ。

すすきの駅を出て、繁華街を進む。

六月に入り、気温がだいぶ上がった。真夏日となった一昨日に比べればマシだが、それでも暑い。梅雨と無縁なことがせめてもの救いだ。

横断歩道を渡ると若い男がナンパしてきた。

昼間からナンパするなよ、と内心突っ込みつつ、やり過ごす。

それにしても、こんな繁華街にあるなんて。

予約の際、住所を見て少し驚いた。訪れてみると、案の定、その店は周辺から浮いていた。

飲食店の雑居ビルやネオンが並ぶ通りに、忽然と現れるログハウス風の店舗。店の前には『満天《まんてん》ＣＡＭＰ』と書かれた立て看板が置かれている。

ここか、と一人つぶやき、ドアを開ける。

カランコロンと鐘の音がした。

店内もログハウスそのものだ。目につく内装はすべて木材。壁には道内の風景やツアー客の写真が飾られ、キャンプ用品や釣り竿《ざお》がオブジェのように整然と並んでいる。入ってすぐのところに受付デスクがあり、最奥にはバーカウンター。

バーカウンター？

不思議に思ったのとほぼ同時に「いらっしゃいませぇ」と妙に甲高《かんだか》い男の声が響いた。

バーカウンターの奥に丸っこい男が立っている。その前には年配の男性がこちらに背を向けて座っていた。

「ご予約の方ですか」

「はい。霧谷です」

丸っこい男はカウンターを出て、受付までやってきた。年は天幕と同じくらいだが、体型は真逆。顔も体も手も全てが丸い。

「ああ、お待ちしてました。今日は渓流釣りですね」

「はい」

「釣りかあ、いいですねー」

年配の男性がスツールを回転させ、振り返った。

歩子が愛想笑いをすると、丸男がわざとらしく、口に手を当て、耳打ちしてきた。

「聞きましたよ。お巡りさんなんですって？」

「え、ええ……でも今日は」

「わかってますよぉ、もちろん。今日は楽しんでください」

そう言って笑った後、丸男は真顔になった。

「ただ……実は、逮捕してほしい奴がいるんです」

「……誰ですか」

「天幕です」

「は？」

「すいません！　あいつ遅刻してまして！　というか、連絡がつかなくて困ってるんですよぉ！」

「連絡がつかない？　事故とか？」

「いえいえ。あいつ、普段ケータイ持ち歩かないんで連絡の取りようがないんです。来ないってことはないと思うんですが、来たらもう逮捕しちゃってください」

絶句する歩子を見て、まずいと思ったのか、丸男はバーカウンターを手で示した。

「あちらで少々お待ちいただけます？」

「……わかりました」

歩子は男に案内されて、バーカウンターに座った。

丸男はカウンターの奥に回り、すまし顔を作った。

「ドリンクをサービスさせていただきます。お好きなものを仰ってください」

「おかわりね」

年配の男性が空のウイスキーグラスを振った。

丸男のすまし顔は三十秒ももたなかった。

「稲本《いなもと》さんに聞いてないっての。ってか、バーは夜からだって言ってんでしょお。なんで毎日昼間から来んのよ」

「暇なんだよ」

「こっちは忙しいのお」

二人のやりとりが終わるのを待って、歩子はノンアルコールカクテルをお任せで頼んだ。

天幕のツアーに申し込んだのは昨日。大きな事件が起きれば休日出勤となるため、予約のタイミングはいつも難しい。その前の週にも一度予約したが、呼び出しをくらってキャンセルしていた。満天キャンプは札幌周辺の山やキャンプ場で登山・キャニオニング・釣りなどのツアーを行っている。今日は渓流釣りだ。歩子に釣りの経験は無かったが、次にいつスケジュールを取れるかわからないので、申し込むことにした。

時計を見ると、本来ならば間もなくツアーが始まる時間だった。

視界の隅で丸男が踊り始めた。

と、思ったらカクテルのシェイカーを一生懸命振っている。まるで雨乞いの祈りでも捧げているかのように身振りが大仰だ。

シェイクを終えると、中身をショートグラスに注いだ。

「どうぞ、シンデレラです」

丸男は自慢顔でカクテルを歩子の前に置いた。一見オレンジジュースのような柑橘《かんきつ》色の飲み物で満たされている。

「ちなみにカクテル言葉は、夢見る少女」

うざい。

しかし、味は悪くない。オレンジ、レモン、パイナップルのジュースがバランスよく混ざり、さわやかな新味を生んでいる。

「あ、忘れてました。私、こういう者です」

まん丸の手が四角い名刺を差し出した。

満天キャンプ　代表　小浮気《こぶけ》寅太郎《とらたろう》。

「ちょっと浮気者のトラちゃんと覚えてください」

歩子は軽く笑って受け流したが、小浮気は気にしていないようだ。この男の扱い方がわかった気がした。

「コブ、おかわりくれっての」

稲本がせっついた。

トラちゃんとは呼ばれていないらしい。

「わかったよ。ストレートでいいね」

小浮気はウイスキーが並んだ背後の棚からボトルを一本取り出した。

「そうそう手に入んないんだから、これ。稲本さんにばかり飲まれちゃ困るんだけど」

「ここの社長さんなんですか」

ボトルの蓋を開けている小浮気に歩子が尋ねた。

「そうです。日中はツアー会社の社長、夜はバーのマスター、それが私——」

カランコロンと鐘の音が響いた。

「あ、いらっしゃいませぇ」

小浮気はボトルを置き、受付へ向かった。「注《つ》いでから行ってよぉ」と稲本が愚痴る。

入ってきたのは五十歳前後の男性と三十代半ばの女性だった。歩子はちらっと見ただけですぐカウンターに向き直った。

男はぶっきらぼうに「予約した伍楼《ごろう》だが」と告げた。

「お待ちしておりました。そちらのベンチにお掛けになってお待ちください」

ベンチは受付の横に置かれていた。この客はバーに招待されないらしい。

「なんだ、すぐに出られないのか」

伍楼は不満を露わにした。おそらく歩子と同じツアーに参加するのだろう。すでに予約の時間は過ぎている。とはいえ、自分たちも遅れてきたのによく言えるなと歩子は呆れた。

「ええ、もうじきガイドが来ますので、少々お待ちを」

「待たされるの嫌いなんだけど」

女も文句を垂れる。

「すいません、間もなく！　間もなくですので」

「減点だね、これ」

ネットの口コミで低評価をつけるとでも言いたいのか。

歩子は嫌味な声を背中で聞きながらシンデレラを飲み干した。

女がまた何か言いかけたところでドアの鐘が鳴った。

やっと来た、と歩子は振り返った。

入ってきたのは天幕ではなかった。

二十代後半あたり、自分と同世代の男。全体的に細く、眼鏡《めがね》を掛けた顔が青白い。

「すいません……今から釣りに申し込めますか」

なんとか聞こえる声量。気の弱さが透けて見える。

「えーと、今日、ですか。はいはい、まだ間に合いますよ」

クレーム客を脇に置いておける理由ができた小浮気は嬉々《きき》として申込書を取り出し、受付に置いた。

「こちらに記入をお願いします」

眼鏡の青年は黙ってペンを取った。

「おい、いつ出発するんだ」

伍楼がダミ声で威圧する。

「間もなく！　間もなく！」

小浮気は困惑を隠さず、繰り返した。

「ねえ、帰ろうよ」

女が伍楼の腕を引っ張った。

そうそう。帰った方がいい。歩子はこっそり願った。小浮気には悪いが、彼らと同行するのは気が進まなかった。

「……せっかく来たんだ。もう少し待て」

伍楼に言われ、女は肩をすくめた。

なんだ、行くのか。

少し落胆して、またカウンターに向き直ると、見た顔があった。

「天幕さん！」

奥の部屋へ続くドアの前に天幕が立っていた。

「けいじ……じゃなくて、霧谷さん。本当に来ていただいて。ありがとうございます」

呑気に笑っているが、それどころではない。

ドスドスドスと足音がし、怒り心頭の小浮気が飛んできた。

「どこ行ってたんだよ！」

「あー。山菜採ってたら時間を忘れちゃって」

「ふざけんなよぉ！　最悪、俺がガイドに出なきゃいけないところだったぞ」

「ごめん、ごめん。はい、お土産《みやげ》」

天幕が袋を差し出した。口から山菜が飛び出ている。

「いらねーよ！　いや、お通しに使えるかな……いやいや、それどころじゃねえっての！　さっさと仕事しろ！」

小浮気は怒りながら山菜を引っ手繰った。

「包ちゃん、収穫は？」

稲本が天幕に声を掛けた。

「あ、稲本さん。お世話になってます。今日はワラビとギョウジャニンニクですね」

「ほう、いいね」

「だから、ちょっと夢中になっちゃって」

「コブ、それ今夜出すの？　だったら夜も来ようかな」

「いいって。どうせ明日も来るんでしょぉ」

小浮気はプリプリしながらカウンターの奥に戻り、顎ですぐ脇の壁を指した。

「帽子、ちゃんとかぶっていけよ」

壁には帽子やTシャツがびっしりと並んでいた。どれも『満天CAMP』のロゴが入っている。

「勘弁してくれよ」

天幕がゲンナリする。

「バカタレ！　ガイドがかぶんなかったら誰も買わねーだろぉ」

「どっちみち誰も買わないよ」

「そんなことねえって！　ね、悪くないですよねぇ？」

突然、小浮気に話を振られ、歩子は「ああ……ここのオリジナルグッズなんですか」と質問で返した。下手に褒めてセールスされたらたまらない。買ったところでクローゼットに封印されるのがオチだ。

「どうです？　今日はこれをかぶって――」

「やめなさいっての。困ってるだろ」

天幕が小浮気をブロックしてくれた。

「ああ、そうだ！　この前もらったの、無くしちゃったんだよ」

嘘か本当かわからないが、天幕が帽子を嫌がっているのは伝わった。

「なにぃ？　ちゃんと買い取れよ！　ほら」

小浮気は壁から新品の帽子を取り、天幕に押しつけた。

「……では、行きましょうか」

天幕は苦い顔で帽子を受け取り、受付へ向かった。

歩子も後に続く。

「ご購入は、お帰りの際でもいいですよぉ」

未練がましい小浮気の声を聞こえないふりでやり過ごす。

「大変お待たせしました。本日ガイドをさせていただく天幕です。霧谷歩子様に、伍楼巌《いわお》様、反町涼子《そりまちりようこ》様」

天幕は伍楼と隣の女を見た。

二人は無言でうなずく。

「そして……えーと」

天幕は受付に置かれた申込書を手に取った。

「山田洋一《やまだよういち》様ですね」

眼鏡の男はおどおどしながら「はい」と返事をした。

「皆さん、服装は大丈夫そうですね」

服装は事前にメールで伝えられている。歩子はウインドブレーカーを引っ張り出してきた。他の参加者も動きやすい服装をしている。

天幕は流ちょうに説明を続け、一通り終えると、表に出るよう参加者に指示した。

釣り道具などは全て準備できているという。

事前の用意が万全なのに遅刻する。段取りが良いのか悪いのか……。

2

満天キャンプの前にいつの間にかバンが停まっていた。

「後ろの席から詰めて乗ってください」

天幕の指示に従い、歩子は三列ある席の後方奥に詰めた。続いて山田が遠慮がちに座る。あんなに急かしていた伍楼と涼子はトイレに行ったり、電話をしたりして、五分ほど遅れて二列目に乗り込んだ。夫婦ではないようだが、男女の関係にあるのは会話や振る舞いから明らかだった。

「では、出発しまーす」

天幕が静かに車を出した。

初対面の者同士、話すことなど無く、しばらく沈黙が続いた。

車が大通りに出たところで天幕が口を開いた。

「今日一日、一緒に過ごす仲間ですので、皆さん、自己紹介しましょう。霧谷さんからお願いできますか」

なぜ、私から？

まあ、他のメンバーを見る限り、彼らから口火を切らせるのは得策ではないかもしれない。

「霧谷です。釣りは初めてですが、楽しみにして来ました。足手まといにならないよう頑張りますので、よろしくお願いします」

「お願いしまーす」

返事をしてくれたのは伍楼の横に座る涼子だけだった。

「では、山田さん、お願いします」

続いて指名された山田は一瞬黙ってしまった。

「山田です……お願いします」

再び沈黙が訪れ、それを繕うように女性陣二人が「お願いします」と答える。

「次は、伍楼さん、どうぞ」

「そんなことよりも――」

伍楼は窓の外に視線を飛ばしたまま面倒くさそうに言った。

「今日は釣れると思っていいんだろうな」

車内が緊張した。

しかし、天幕は相変わらず呑気だ。

「そうですねぇ。きっと釣れると思いますよぉ」

「さんざん待たされたんだ。これ以上、時間を無駄にさせないでほしい」

伍楼の声には苛立《いらだ》ちがまじっていた。やたらと威圧的な人間には仕事でよく接するが、せっかくの休日でも遭遇するとは。歩子は周囲に聞こえないよう静かに溜息をついた。

信号待ちで車が止まり、振り返った天幕はそれでも笑顔だった。

「いっぱい楽しみましょう」

ふん、と伍楼が鼻を鳴らす。

「もっと愛想よくしなさいよー。どうもー、涼子でーす」

隣の女性が伍楼の肩を叩きながら後部座席を振り返った。

「霧谷さんは、お一人様?」

「え、ええ……」

悪かったな。

歩子は感情を表に出さないよう堪《こら》えた。

「山田さんは釣りのご経験はあるんですか」

再び車を出した天幕が前方を見ながら聞いた。

「まあ……ちょっとだけ」

会話終了。

どうやら今日は一人で釣りに集中することになりそうだ。友達作りに来たわけではないので、それでも全く構わないが。

3

出発から一時間後、バンは麓《ふもと》の駐車場に停まった。

車を降りると清々《すがすが》しい空気が肺を満たした。

天幕は荷台から釣り竿四本と大きなバッグを取り出し、肩に担いだ。

「釣り場はすぐそこです」

天幕の先導で一行は山道に入った。

「天幕さん、荷物少し持ちましょうか」

歩子が手を伸ばすと、ニコニコ顔が会釈した。

「ありがとうございます。私は大丈夫です。それより今日は足元に気をつけてくださいね」

「あ、また言った！　私、あのときも転んでませんけど」

「そうでしたっけ」

天幕はフフフと笑った。

木々に包まれた山道は涼しく、川の音が静かに聞こえる。

進むにつれ、その音が徐々に大きくなっていき、渓流に出た。

上流だけあって川幅は広いところでも三メートル程。所々、段差のような小ぶりの滝が水しぶきを上げている。手つかずの大自然。その言葉がしっくりくる。

朗らかな陽光と木々を微《かす》かに揺らす風。歩子は早くも休みを満喫していた。

刑事課で感じる壁。抜け出せない息苦しさ。そうしたものとは対極の世界だ。

ふと、自分は弱くなったのだろうかと不安になった。

違う。これは逃避ではない。心のストレッチだ。明日からまた戦うための――。

唐突な人の気配。

振り向くと、伍楼がすぐ隣を歩いていた。

伍楼は歩子を一瞥《いちべつ》して追い抜き、天幕との間に割り込んだ。

そのせいで前が詰まり、歩子は足踏みさせられた。

いちいち感じが悪い。心地いい空間が台無しだ。

さらに伍楼は不躾《ぶしつけ》な言葉を発した。

「ここは『人食い山』と呼ばれているらしいな」

天幕が「え？」と一瞬振り向く。

歩子も顔をしかめた。

「名前の所以《ゆえん》は？」

「つまらない与太話ですよ」

「死体が見つかりにくいんだって？」

「暴力団の間でそんな噂《うわさ》があるみたいですねぇ。でも、単なる噂ですよ」

「どうして死体が見つからないんだ？」

道中の暇つぶしにしては、やけにしつこい。

『人食い山』の名は歩子も知っている。地元の刑事や暴力団の間で使われている通称だ。「人食い山に死体を捨てると発見されない」という話を耳にしたこともある。しかし、あくまで怪談の域を出ない。いや、暴力団にとってはゲン担ぎか。実際、過去には暴力団絡みの死体が発見されている。それ以上の死体が埋まっている可能性もあるが……。

歩子は深呼吸した。大丈夫。気分は爽快だ。

今日の釣りが『人食い山』で行われることは歩子も予測できていた。ネットのレビューに場所が記載されていたからだ。満天キャンプの渓流釣りは、いつもこの山らしい。

おそらく伍楼も事前に調べたのだろう。

「ガイドなら本当のことを知っているんじゃないか。思い当たる節は——」

「あれ？」

伍楼の話を遮るように天幕が立ち止まった。

「ここにもあったのか。気づかなかったなあ」

そう言うと、屈んで野草を摘んだ。

「ギョウジャニンニクです。アイヌネギとも呼ばれます。滋養強壮に優れ、行者ですら修行の妨げになるほど元気になっちゃうことから、この名前がついたそうです」

「もらっとく？」

涼子が伍楼の腕をぽんと叩いた。

話を中断させられた伍楼はむすっとしている。

歩子は満天キャンプでのドタバタを思い出した。たしか天幕のお土産に入っていたものだ。

山菜は普段から口にしているが、ギョウジャニンニクを食べた記憶はないし、調理前のしかも生えている状態を見てもピンと来ない。

天幕は説明を続ける。

「有毒の似た野草もあるので採取には注意が必要です」

「どうやって見分けるんですか」

歩子が聞くと、天幕は葉っぱを擦《こす》り、差し出した。

「嗅いでみてください」

歩子は葉に顔を寄せた。

「うわっ」

強烈な匂いが鼻腔に広がる。

「ニンニクの匂いがすれば大丈夫。しなければ、危ないので絶対食べてはいけません」

「さっき、気づかなかったと言ってましたけど？」

「ああ、今朝、下見に来たとき、この辺りのはいただいちゃったんです。でも見落としていたようで」

「じゃあ、下見をしていて遅刻を？」

「いやあ、面目ない」

と言いつつ、気にしている様子は無い。

「よかったら、どうぞ」

天幕はギョウジャニンニクを伍楼と涼子に差し出した。

「奥に行けば、たくさん生えてますけど、今日はそこまで行かないので」

「いらん」

　伍楼は不貞腐《ふてくさ》れて一蹴した。

「欲しい方います？」

　歩子も山田も手を挙げなかった。

「まあ、これだけもらっても困りますよね。では、失礼して」

　天幕はポケットからポリ袋を出し、ギョウジャニンニクを入れた。

「さあ、行きましょう」

　天幕が再び歩き出したところで歩子は涼子に前を譲った。

「死体を埋めると消えるということかな？　だとしたら土の性質が特殊だとか」

　耳障りな伍楼の話も再開された。

　歩子の背後で舌打ちが聞こえた。振り返らずとも後ろには山田しかいない。歩子も舌打ちしたい気分だった。

「死体を消してしまう土なんてありませんよ」

　天幕は根気強く付き合っている。

「土が関係ないなら、埋めなくても見つからない場所が？」

「さあ……」

「ねえ、怖い話ばかりしないでよ」

涼子が皆の気持ちを代弁した。

しかし、伍楼は意に介さない。

「洞窟だとか、それこそ川だとか……いや、川は死体が上がる。どこか心当たりは？」

「伍楼さんは――」

天幕もさすがに疲れた顔をした。

「誰か消したい人でもいるんですか」

わずかな沈黙が流れる。

天幕は「そんなわけないですよね」と話の打ち切りを暗に示した。

一瞬たじろいだように見えた伍楼だったが、すぐさま鼻で笑い、つぶやいた。

「殺したい奴なら沢山いるよ」

4

「ここにしましょう」

天幕が足を止め、荷物を下ろした。

手際よく岩肌に竿を並べていく。

「初心者の方は、餌釣りをお勧めしていますが、ルアーもありますのでお好きな方で」

「しつもーん」

涼子が手を挙げる。

「餌って何を使うんですか」

「ミミズです」

「無理！　私、ルアー」

「わかりました。他にルアーを使いたい方は？」

歩子は迷ったが、初心者向けだという餌釣りを選んだ。しかし、実際にミミズを見た途端、怖気づいてしまい、天幕に餌をつけてもらった。

「岩の周りや水流が遅くなっている所がポイントです」

天幕の助言に従い、各々が釣り糸を垂れた。

「昨日も尺超えのイワナが釣れていますから頑張ってくださいね」

「尺超えって何ですかー」

少し離れたところで伍楼と並んでいる涼子がまた手を挙げた。

「三十センチを超える大物です。まあ、北海道のイワナはどれも大きいんですけどね」

そのとき、歩子の隣で山田の糸が暴れ出した。

「お、来ましたね」

嬉しそうな天幕の前で山田が魚を釣り上げた。

「イワナです。お見事！」

しかし、針から外した途端、イワナは地面に落ちた。ピシャピシャと撥《は》ねたかと思うと、地面を這《は》い始める。

「え？」

歩子は目を丸くした。

そのままイワナはヘビのように岩肌を進み、川に戻っていった。

「うそ……」

「驚きました？　イワナは歩けるんですよ」

天幕が笑った。

「渓流では、水が干上がっている場所も進んで行かないといけないですからね。環境に適応しているんです」

「適応ですか……」

生き物ってすごいな。

小学生のような感想が浮かんだが、口に出すのはやめた。

代わりに逃がした山田を励ますことにする。

「尺超えしてたかも！　もったいなかったですね」

「いえ……どうせ、すぐリリースするので。それより、こんなに早く釣れたのが驚きです」

口調こそ素っ気ないが、山田の顔は明るくなっていた。

「イワナが留《とど》まりやすいんです、ここは」

天幕がミミズ入りの箱を山田に手渡す。

歩子はミミズから目を逸《そ》らした。

「よく釣れる場所なんですね」

言いながら、周囲の光景に違和感を覚えた。

「でも、ここ……他の釣り人がいないですね」

「ええ。ここで釣りをしてはいけないので」

「……禁止されているということですか」

「この山は私有地ですから勝手に釣っていいわけではないんです。土地の持ち主に許可を取らないといけないんですよ」

「天幕さんは許可を取ってるんですか？」

「もちろん。ほら、カウンターで小浮気と話していた男性」

「稲本さん？」

「そうです。あの人が、この辺りの所有者です」

「え！」

失礼だが、歩子は驚きを隠せなかった。

「地主ということですか」

そういえば、毎日昼間から小浮気のもとで飲んでいると言っていた。実は資産家なのだろうか。

「まあ、この山全部ではないですけどね。渓流周辺の土地を持ってます。なんでか、小浮気のバーが気に入ってるらしくて。お世話になってるから、あいつも無碍《むげ》にはできないんですよ」

「結構、雑な扱いしてましたけど」

「小浮気なりの愛情表現ですよ。高い酒を注文してくれるからバーにとっても上客みたいだし」

「こっちは全く釣れないぞ」

伍楼のダミ声が水を差した。

「ガイドさんに当たっても仕方ないでしょ」

隣で糸を垂らしている涼子がたしなめると、伍楼は渋い顔をした。

「ここまで反応が無いんだ。とても魚がいるとは思えない」

「あっちは釣れてるじゃないの。腕よ、腕」

「揚げ足ばかり取るな。これだから女は――」

歩子は思わず伍楼を睨みつけた。

すでに涼子の眉が吊《つ》り上がっていた。

「女って誰の事よ。私？」

「……一般論だ」

伍楼がトーンダウンする。

「一般的な女って誰？　私は含まれんの？　奥さんは？　まさか、あんなのと私を一《ひと》括《くく》りにしてるんじゃないよね？」

「そんなつもりはない……」

伍楼はそれ以上言い返さず、川面を見つめている。

「何かあったら声かけてくださいね」

そう言い残し、天幕は伍楼と涼子のフォローに向かった。

「不倫旅行かよ」

山田は吐き捨てるように言い、川に針を投げた。

歩子も伍楼にはすっかり辟易した。不倫相手とアウトドアを楽しむのは「どうぞご勝手に」としか思わないが、いちいち空気を悪くするのは勘弁してほしい。

「釣りはよくするんですか」

沈黙したままでいるのも気まずいので、歩子は山田に話しかけた。

先ほど、少し饒舌《じょうぜつ》になりかけた山田だったが、今度はあたふたしている。

「あ、う、いえ……」

興味のある話題には強いが、通常のコミュニケーションは不得意なようだ。

「さっきは上手でしたね」

「いえ、全然……初心者です」

それにしては、しっかりフィッシングベストを着ている。ただ、サイズが合っておらず、ブカブカだ。いくらファッションに興味が無くてもサイズくらい気を遣えばいいのに。

「お仕事は何を？」

「う……えーと」

口ごもる山田を見て、取り調べのような聞き方をしてしまったかと焦った。

「すみません。別に意味は無いので、黙秘していただいて構いません」

「……黙秘？」

山田が怪訝な顔をした。

しまった……。歩子は顔が熱くなった。

「なんでもないです……忘れてください」

「……きゅうしょくちゅう……です……」

山田はぼそぼそと言った
「求職中」なのか、「休職中」なのか、判断できず、歩子は返答に迷った。

山田は横目でちらりと歩子を見て、「ストレスで……」と付け加えた。

なるほど。

歩子は山田に倣って川面に目をやった。

「私の仕事もストレスが溜まるので休みたい気持ちはちょっとわかります」

「そうなんですか⁉」

意外なほど山田が食いついた。

「ええ。まあ、どんな仕事もしんどいことはあるんでしょうけど」

「……実は釣りがストレス解消だったんです。一日中パソコンの前に座る仕事だったので、自然の中で過ごすと色々なものがリセットされる気がして。もうずっとやってなかったけど……」

「IT関係なんですね」

「プログラマーです……いや、プログラマーだった、ですね。会社と揉《も》めてクビになりました」

ストレスによる休職と解雇は全く違うが、追及すべきではないだろう。

「それは大変でしたね」

「霧谷さん……ですよね。お仕事は？」

「仕事……ですか」

答えるのは、ためらわれた。しかし、山田が明かしている以上、黙秘するわけにもいかない。

「警察官です」

「け……」

山田は絶句した。

やはり言うべきではなかったと後悔する。プライベートで知り合った男性に警察官であることを明かし、驚かれたことはこれまでもあった。刑事課の強行犯係だなんてとても言えない。

山田は歩子から目を逸らすように再び川を見つめた。眉間に皺《しわ》を寄せている。

そこまで引かなくても……。

すると、山田が囁いた。

「引いてます」

わざわざ口に出す必要があるのか。

「引いてますよ」

だから、わざわざ――。

「糸！　引いてます！」

見ると、糸が不自然な動きをしていた。

「ゆっくり竿を立ててください」

天幕が駆けつけてきた。

竿を上に向けると、糸が引っ張られ、竿の先がしなった。

「いいですよ！　引いてください」

そう言われても重くて動かない。魚ではなく、大きな石が絡まったのではないかとさえ思った。しかし、糸の先では明らかに何かが動いている。竿ごと持って行かれそうな勢いだ。

「もうちょっと！」

山田が興奮気味に発した。仕事を失った経緯の真偽はともかく、釣り好きだというのは本当なのだろう。

えいっ、と力を入れて竿を立てた。水面に暴れるイワナが見えた。

「大きいですよ！」

天幕がイワナを網ですくい上げた。イワナは網の中でも大暴れして、水しぶきを撒き散らす。

「おめでとうございます、尺超えです！」

天幕の勧めで、イワナと記念写真を撮ってもらった。

すぐさまリリースすると、あっという間に姿が見えなくなった。

一瞬の出来事だったが、余韻は長く続いた。興奮と達成感。釣りにハマる人の気持ちがわかったような気がした。

「こっちも釣れたよー」

涼子に呼ばれ、一同が振り返る。

釣ったのは伍楼だった。

歩子が釣ったイワナより小物だったが、伍楼は満足げだ。

これで上機嫌になってくれれば、少しは大人しくなるかもしれない。

甘かった。

伍楼は天幕に面倒な要求を始めた。

「釣った魚は食えるんだったな?」

イワナはリリースが基本だが、希望があれば食べても良いと事前に伝えられている。

「はい。では、塩焼きにしましょう」

「いや」

伍楼の口元が陰険に歪んだ。

「ここで刺身にしてくれ」

5

目に見える自然は変わらず美しいのに、空気だけが重苦しくなった。

「刺身ですか……」

天幕の笑顔が引きつる。

「養殖の刺身は食ったことあるが、天然物の味は絶品と聞いてね。今日は釣ってすぐ刺身にしてもらうつもりで来たんだ」

伍楼は試すような視線を天幕に投げた。

「ごめんなさいねー。この社長さん、食べ物にはうるさくて」

涼子が天幕に笑いかける。悪いなんて微塵《みじん》も思っていないくせに。

歩子の隣では、山田が伍楼と天幕のやりとりを忌々《いまいま》しそうに見ていた。

会社をクビにされた山田は、伍楼が社長と呼ばれたことでさらに反感を抱いたのかもしれない。

「イワナって刺身で食べられるんですか」

歩子が小声で尋ねると山田は表情を緩めた。

「イワナは傷みやすいので、生で出回ることはほとんどないですね」

釣りに関する質問にはスラスラ答えてくれる。

言われてみれば、スーパーでイワナの刺身を見た記憶は無い。

「イワナを刺身で出す店もありますが、どれも養殖物か冷凍物です。天然のイワナを生で食べるのは危険ですから」

「でも、釣ったばかりなら新鮮ですよね？」

「問題は、寄生虫です」

ミミズもまともに摑めない歩子は悲鳴を上げそうになった。

「淡水魚の寄生虫は、人間を重症化させやすいんです」

「そうなんですか。だから――」

天幕は渋っているのか。

「もしも寄生虫がついていたら大変ですから。冷凍イワナなら通販でも買えますし――」

天幕の提案を伍楼が遮る。

「味が落ちるだろう」

「うまく解凍すれば、大丈夫ですよ」

「だが、多少なりとも落ちるのは間違いない」

「それは、まあ……」

天幕は困り果てている。

「なんだ、食わせられないのか」

「すいません。万が一のことがあったら会社が潰れちゃいますので」

「評判のガイドと聞いたから来たのに、がっかりだな」

「すいません……」

天幕は恐縮しきりでペコペコ頭を下げた。

「ふん、わかったよ」

伍楼は鼻で笑い、置いてある荷物からナイフを取り出した。

「だったら自分でさばく」

一同が呆気に取られた。涼子ですら、ぽかんと口を開けている。

「ガイドが期待外れなら仕方ない。自分で刺身にする。それなら問題ないだろう」

伍楼はイワナの入った網を持ち上げた。

「あのう、伍楼さん、それはちょっと……」

天幕が止めても伍楼は聞く耳を持たない。

「寄生虫で深刻な大事に至る確率など、たかが知れている」

「でも、深刻な症状を引き起こすこともあるんです」

天幕は伍楼に近づきながら、涼子に止めてほしいと目で訴えた。

「ねえ、やめときなよ」

　さすがの涼子も天幕に呼応する。

「リスクを恐れていたら何も手に入らん。俺は常にリスクを取って成功してきた。お前も知ってるだろ」

　この期に及んで何の自慢だ。

「――かよ」

　山田の悪態がわずかに聞こえた。

「なにぃ？」

　伍楼が青筋を立て、振り返った。

「もう一度言ってみろ！」

　聞こえるとは思っていなかったのか山田は一瞬たじろいだが、引くに引けなくなって伍楼を睨み返した。

「……し……醤油《しょうゆ》もないのに……どうやって刺身を食うのかなって……」

　みるみる伍楼の顔が紅潮する。

「馬鹿にしているのか！」

「……気になっただけ……ですけど」

「お前には関係ないだろ！」

「……まあ……そうですね……見物するのも面白いし」

「このガキ！」

伍楼は山田に詰め寄った。

プライドが極度に高く、他人から見下されることを決して許さない性質《たち》。

歩子は伍楼が手を出す前に止められるよう注視した。

伍楼と山田が睨み合う。

山田は強がっているが、明らかに慄《おのの》いている。

対する伍楼は握った拳をいつ振り上げてもおかしくない。

しかし、伍楼は抑制した声で天幕に言った。

「……塩焼きをする準備をしているなら、塩はあるんだろう」

「え、ええ。ありますけど……」

「そういうことだ。単細胞は口を出すな」

伍楼は山田の胸を指で突き、踵《きびす》を返した。

山田は唇を噛んで、伍楼の背中を睨み続けた。

「心配しなくていい。仮に体調を崩してもクレームなんて入れないさ」

伍楼はそう言って、暴れるイワナにナイフを当てた。

いくら美味しいかもしれないとはいえ、身体を壊す危険まで冒すほどの価値などあるのか。止めるべきか。迷った歩子は天幕の様子を窺った。

珍しく真顔で考え込んでいた天幕は意を決したように口を開いた。

「わかりました」

伍楼の手が止まった。

「イワナの刺身を食べていただきます」

「ほう」

伍楼はイワナからナイフを離した。

「ガイドさんがさばいてくれるのか」

天幕は安堵の溜息をつき、笑顔に戻った。

「はい。ただ、ここではありません。もっと山を登ることになります。それでもいいですか」

「構わんよ」

「他の皆さんはいかがでしょう？」

場所を変えればイワナの刺身が食べられるようになるのか？

興味が湧いた。

「私はご一緒します」

歩子が言うと、山田と涼子がほぼ同時にうなずいた。

天幕に連れられ、一行はバンに戻った。

「養殖のイワナには寄生虫がいないんですか」

天幕が釣り竿やバッグを荷台に載せている間、歩子は車中で山田に聞いた。

「ほぼゼロだと思います」

「天然物との違いは？」

「餌ですね。イワナも人間同様、食べ物を介して寄生虫が体内に入ります。天然のイワナは小魚や虫などを食べますが、そいつらに寄生虫がついていれば、それを食べたイワナも寄生されるわけです。養殖の場合は人工餌を使うので、寄生虫の心配はまずありません」

早口で説明されたので、歩子は所々聞き逃してしまった。

「……詳しいですね」

「全然。一般教養です」

何気に失礼なことを山田は気づいていない。

「釣るのも上手だったし。知識も豊富だし。ガイドがいなくても一人で大丈夫そう」

褒められ慣れていないのか、山田は小刻みに首を振った。

「いえ……すごく久しぶりだから一人じゃ不安で。それに面白いものも見れそうだし」

山田は運転席を見た。

ちょうど乗車した天幕がエンジンを掛けるところだった。

天然イワナの刺身。それを天幕はどこで食べさせようというのか。

「出発しまーす」

天幕の運転するバンは駐車場を出ると、さらに山を登り始めた。

しばらくして道路の舗装が途絶え、地面がむき出しになった。

ガタガタ揺れること五分。だんだん細くなった砂利《じゃり》道はとうとう行き止まりになった。

「少し歩きます」

天幕に促され、全員が車から降りた。

道をふさぐ茂みの一部が開けている。奥には人一人通れる程度の細い道が続いていた。

天幕は再び竿と荷物を担ぎ、小道を入っていった。一行も後に続く。

やがて地面に岩がまじり出し、水の音が聞こえてきた。これまで耳にした音とは違う。水が流れる音ではなく、落ちる音。

「わあ！」

前を歩いていた涼子が声を上げた。

渓流が見えた。

が、途中で切れている。

一瞬理解が追いつかなかったが、轟音《ごうおん》に気づかされた。

滝だ。一行は滝の上に出た。それも下を覗くのが怖いほどの高さだ。

渓流に沿って、階段状の岩肌を登る。だいぶ標高が上がっているのだろう。涼しいどころか肌寒さすら感じる。

歩子は神秘的な光景に言葉を失っていたが、皆がそういうわけではなかった。

「しつもーん」

涼子が場違いに軽い声を発する。

「滝の上にもイワナが棲《す》んでいるのは、なぜですかー？」

澄んだ渓流をイワナが泳いでいる。

改めて考えると不思議だ。川魚にとって滝は越えられない壁だろう。滝から落ちることはあっても逆流することは考えにくい。イワナの先祖たちはどうやって滝の上まで来たのだろうか。

「逸話は色々あります」

天幕が朗らかに言った。

「昔、鳥が下流のイワナを掴んで上流に運んだ、とか。滝ではなく、陸地を移動した、とか」

地面を這って川に戻ったイワナを見たばかりなだけに陸地移動説に少し信憑性を感じる。鳥が運んだというのはどうだろう。

「でも、実際は、かつて材木や鉱石を集めるため上流に住み込みで働いていた人たちが食糧としてイワナを運び込んだとも言われています」

「つまらん理由だな」

伍楼が切り捨てる。

「まあ、夢は無いですね」

天幕は穏やかな口調を崩さない。

「世の中そんなもんだ」

伍楼の冷笑ぶりが不快だった。どこか加我を彷彿《ほうふつ》とさせる。

……せっかくの休日なのに。

岩を登る単調なリズムが意識を過去に飛ばした。


もう一年になる。

歩子はある殺人事件の犯人を即日逮捕した。事件は一時大きく報道されたため伏見署で記者会見が行われることになった。

しかし、証拠が挙がっても被疑者は黙秘を続けた。業を煮やした係長の加我は取り調べを行う歩子らをせっついた。「早く落とせ」「まだか」「時間がない」。取り調べ中に幾度もドアがノックされ、伝令が顔を出した。その度にかえって取り調べは停滞した。最悪なことに刑事課の苛立ちと困惑は、被疑者にも伝わった。結果、足下を見られ、事態はますます難航した。

いちいち中断させられては取り調べが進まない。

そう訴えた歩子を加我は取調室から追い出した。

怒り、屈辱、絶望、様々な感情にのみ込まれた。ただでさえ男社会だ。涙を見せようものなら同僚からも舐《な》められる。屋上で一人歯を食いしばった。

結局、取り調べを交代したベテラン刑事も被疑者を落とすのに日数を要し、記者会見どころではなくなった。

歩子の屈辱が幻滅に変わったのはそれから数日後。当初は、経験の浅い女刑事に取り調べを任せる不安が加我に理不尽な行動を取らせたと思っていた。力不足とみなされたのなら仕方ないと割り切れた。

しかし、真相は違った。

署長の記者会見までに間に合わせたい。

それだけの理由だった。

加我は殺人事件の解決という花を署長に持たせ、上役の覚えをめでたくするために歩子を急《せ》かしていたのだ。

他の刑事にしてみれば、些細なことなのかもしれない。組織としては当然だと理解しようとする自分もいた。しかし、崩壊は一度の衝撃で起こるものではない。警察の矛盾、上司の不正義、私生活を充実させる同期への羨望、女としての未来、これまで見て見ぬふりをしてきた亀裂が連鎖し、決壊寸前となっていた。

天幕との出会いがなければ、歩子も山田と同じ状況だったかもしれない。


「これは……」

息をのむ音に意識を引き戻された。

顔を上げると、岩の階段を登り切ったところで伍楼が立ち尽くしている。

その隣では天幕がいつもの微笑みを浮かべていた。

歩子には二人の視線の先がまだ見えない。

一体、何があるんだろう。

残り五段、四段……。

胸が躍る。

三段、二段……。

嫌な記憶はどこかに押しやられていた。

残り一段。

とうとう登り切った。

6

穏やかな水面に木々の隙間から光の柱が差している。

苔《こけ》むした岩や木が滅多に人が立ち入らないことを物語っていた。あまりの非日常。職場や日常生活の煩わしさから完全に切り離された心地になる。

「源流部です」

天幕は恭《うやうや》しく紹介した。

川の始まり。

一同は無言で見渡した。

ここから下流まで延々と続き、やがて海に出る。雲となり、雨となって、また地上に戻る。水の循環や生態系が凝縮されたような空間に今、自分は侵入している。歩子は浮遊感にも似た落ち着かない気持ちになった。

「この先も細い水脈はありますが、イワナの生息地はここが上限です」

所々、岩の間から水が流れ出している。

天幕は小さな簡易テーブルを設置した。

「皆さんも釣っていただいて構いませんので」

天幕は竿を並べると、そのうちの一本を自分で持った。

「ここで釣ったイワナなら刺身にできるということか」

伍楼の口調は憎たらしいままだ。

「ええ。うまく釣れたらですが」

餌をつけている天幕は楽しそうだ。本当は自分も釣りをしたくて、うずうずしていたに違いない。

「どうして、ここのイワナは大丈夫なんですかー？」

涼子がスマホのカメラを連写しながら尋ねた。

天幕は少し離れた水面に針を投げた。

「川に手を入れてみてください」

「手を？」

涼子はきょとんとして、指先を水面につけた。

「ひゃあっ！」

咄嗟に手を引く。

歩子も水に触れてみた。まるで氷水のようだ。

「冷たいです。下流とは比べ物にならない」

「底の方はもっと温度が低いんです」

天幕は竿を器用に動かしながら言った。

「なるほど。だから寄生虫は生息していないということか」

伍楼が腕を組んだ。

「厳密には、人間に寄生する虫がほぼいないということです……ね！」

語尾に合わせ、天幕が竿を引いた。

川の底からイワナが姿を現した。

天幕はイワナを掴み、針から外すと、テーブルの上に用意してあった小さなまな板に載せた。イワナの背にナイフでいくつか切り込みを入れる。皮を引くと、綺麗《きれい》にむけた。

「内臓には稀《まれ》に虫が見られますが、釣ってすぐ取り除けば問題ありません」

天幕は内臓とエラを取り、みるみる三枚におろしていく。

「天幕さん、板前でもやっていたんですか？」

流れるような手つきに歩子は感嘆した。

「大学を出た後しばらく料理店で働いていたので。一応、調理師免許も取りました」

巧みでありながら豪快な手際。仕上げは繊細で、身を薄く切って木の皿に幾重にも並べる。淡いピンク色の刺身は美しさすら湛《たた》えていた。

「見事だ」

伍楼が唸《うな》った。

「塩で食べていただきます」

天幕は塩を入れた小皿と箸を差し出した。

「ん」

伍楼が箸を持つと、天幕は顔を強張らせた。

「その前にお伝えすることがあります」

「何かな」

伍楼の目に警戒の色が浮かんだ。

「本来ガイドとしては川魚の刺身を提供したくありません。今回は伍楼さんが自ら生食をされる危険があったので、やむを得ず、特別な刺身を用意しました」

「それはわかっている」

「ですから、こちらからも一つお願いがあります」

「願い？」

「味に満足いただけたらで構いません」

伍楼は鼻で笑った。

「追加料金でも要求するのかな。まあ、いい。うまかったら聞こう」

天幕にここまでしてもらっても伍楼は尊大な態度を崩さない。追加料金よりも出禁にしてほしいくらいだ。

「では、いただこうか」

伍楼は刺身を一切れ摘《つま》み、塩につけてから口に入れた。

緊張の面持ちで嚙んだ後、飲み込む。

「どう？」

涼子が皿の刺身と伍楼の顔を見比べた。

伍楼は無言で二切れ目を食べる。

「ねえ、どうなのよ？」

伍楼はまた箸を伸ばした。

「ねえったら！」

「急かすな」

伍楼は言い捨てて、次の刺身を口に入れた。

「……経験したことのない味と食感なんだ」

伍楼の謙虚な物言いを初めて聞いた。

「ねっとりしていて柔らかい……甘い……」

次々と刺身を食べながら少しずつ語っていく。

「贅沢だ……高級魚にも負けていない」

伍楼の様子をニコニコして見ていた天幕が口を開いた。

「イワナの甘さは、いい水と脂によってもたらされます。さらに塩で食べることで一層その甘さが引き立つんです」

「うまい……うまいよ。これほどとは思わなかった」

伍楼は箸を置き、天幕を見据えた。

「約束だ。そちらの要求を聞こう。常識的な範疇《はんちゅう》ならいくらでも追加で払うつもりだ」

「いえいえ、追加料金なんてありませんよ」

天幕は慌てて顔の前で手を振る。

「なら、願いというのは？」

「また来年もツアーに参加してください。何があっても」

……そんなことか。歩子は拍子抜けした。接客の常套句《じょうとうく》だ。

しかし、伍楼は予想外の反応を見せた。

言葉を失い、心なしか目が潤んでいる。

天幕はそれ以上何も言わず、微笑んでいた。

また参加してほしい、というだけの願いにどんな意味が？

伍楼にとっては、ただの常套句ではなかったのか。

歩子は今日一日の伍楼と天幕のやりとりを振り返った。

そして、はっと気づく。

と、同時に頭の中で警報が鳴り響いた。

「伍楼さん、あなたが今日参加したのは……」

ずっと伍楼とは関わらないようにしていたが、そんなことは言っていられない。

満天キャンプの渓流釣りはいつもこの山で行われている。ネットレビューには場所も書かれている。つまり、伍楼は『人食い山』を訪れると知って参加していた。

「あなたは鋭いようだ」

伍楼は歩子を見つめた。それから涼子や山田の顔を見回し、観念したように言った。

「ここに来たのは……死に場所を探すためだ」

「え？」

山田がギョッとしたように声を出した。

涼子は言葉を失っている。

しつこく人食い山の秘密を聞き出そうとしていた伍楼。その興味は死体が見つからない理由に終始していた。思い返してみれば、伍楼は埋めなくても見つからない場所を天幕に尋ねている。自殺の場合、自らの死体を埋めることはできない。

　重篤化する寄生虫リスクを恐れず、イワナの刺身を要求したのも自分の命を軽視していたためだ。

「事情を聞かせていただくことはできますか」

　歩子は仕事モードに切り替わっていた。

　自殺を考えている人間を放置しておくことは許されない。

「よくある話だよ。事業で失敗し、多額の借金を背負った」

　伍楼は目を伏せた。

「近しい人間は妻も含め、一瞬で去った。こんな性格だから友人もいない。むしろ敵ばかりだ。金を失ったら、自分には何も無いことに気づいたよ。新しい夢を探す年齢でもない。力がすっかり抜けてしまってね」

　――殺したい奴は沢山いるよ。

　自分を捨てた人間たちへの恨みは消えていないのだろう。しかし、伍楼は誰かの死体を隠そうとしていたのではなく、自分の死に場所を探していたのだ。自殺したことを誰にも知られずに済む場所を。

「なぜ、隠れて……？」

「自殺を知られたくない連中がいてね」

「迷惑をかけたくないからですか」

「迷惑か」

伍楼はまた鼻で笑った。が、今度の嘲笑は自分に向けられている。

「迷惑どころか、私が自殺したと知れば、奴らは宴会でも開くだろうな」

「あなたがいなくなれば得する人が？」

「いや、得なんてないよ。ただ、気に入らない奴が自ら死を選ぶほど追い詰められたら溜飲《りゅういん》が下がるだろう」

伍楼と目が合った山田は「まあ……」とつぶやいた。

歩子は同意しない。そういう心理があることは理解するが、誰かの自死を喜べるとは到底思えないし、笑われるのが嫌だから自殺したことを知られたくないという欲求も共感し難い。

「負け犬の、最後のプライドだよ」

歩子の硬い表情を見て、伍楼が自嘲した。

「ご親族は？　悲しむ人たちもいるでしょう」

いずれにしても自殺を食い止めないと。

「親戚の中では鼻つまみ者だからな。両親とも二十年近く会っていない。別にどうでもいいがね」

伍楼はすっきりした表情をしていたが、涼子を見て顔を曇らせた。

涼子は眉を寄せている。

「安心しろ」

伍楼は涼子の両肩に手を置いた。

「手元に残っている金は全てお前にやる。手切れ金としては十分な――」

ばちん、と凄《すご》い音がした。

涼子が伍楼の頬を引《ひ》っ叩《ぱた》いたのだ。

「……すまない。もっと早く言うべきだった。だが、金のことは本当に――」

また平手が飛ぶ。

二度も打たれた伍楼はさすがに顔をしかめた。

「いい加減にしろ」

「そっちこそ、いい加減にしなさいよ！　私がお金目的で、あなたと一緒にいると思ってたの？」

「それは……」

「私がホステスだから？　馬鹿にしないで！　あなたに恵んでもらわなくても人一倍稼げるっての！」

「じゃあ、どうして？」

「はあ？　それを私に言わせる？　ダサいにも程があるわ！」

涼子にまくしたてられ、伍楼は固まってしまった。

「伍楼さん、完敗ですね」

天幕が穏やかに声を掛けた。

伍楼は空を見上げ、考え込んだ。ややあって、しぼり出した声は掠れていた。

「……そのようだね」

「気づかないもんですよね。私も全て失って落ち込んでいた時期があったんですけど――」

天幕は竿を片付けながら続けた。

「もう自分には何も残ってない。そう思うと気力も出なかった。でも、山に入って、しみじみ周囲を見たときにわかったんです。これさえあれば十分じゃないかって。キャンプや釣りは数え切れない程していたのに、そのときまで気づきませんでした。こんな身近にあったのに」

伍楼は長く息を吐いた。

「他人を見下す嫌な人間であることは自覚していたが、それ以前に何も見えていなかったようだ」

そして、涼子に真剣な眼差しを向けた。

「悪かった。知ってのとおり、俺は傲慢な男だ。だが、お前には自分の持っているものの全てを与えてもいいと思っている。それぐらいお前を……いや、違うな。そういうことじゃないんだよな。何と言っていいか……どうすれば許してもらえるかな」

「じゃあ……ダイヤの指輪買って」

「け、結局、金じゃないか！」

「嘘よ！　罪滅ぼしの方法くらい自分で考えなさい！」

「う……わかった」

伍楼は、ばつが悪そうに顎をなでた。

突然、愛嬌《あいきょう》が出た伍楼を見て、歩子は笑ってしまった。

「伍楼さん、負けてばっかりじゃないですか」

天幕も笑った。

「負け犬どころじゃないな」

すっかり照れた伍楼は毒気が抜けている。

「ガイドさん、色々失礼を言って申し訳なかった。イワナの刺身、ありがとうございました」

「いえいえ」

「イワナの刺身は、時間と労力をかけた者だけが食せる。金では買えない贅沢だ。もっと早く知りたかった」

「他にも色々美味しいものがありますよ。今度はキャンプにも参加してください」

「是非。やることは山積みだが、いつか必ず」

力強く語る伍楼を見て、歩子はもう大丈夫だと胸をなでおろした。

「ああ！」

涼子が悲鳴を上げた。

テーブルを指さしている。

「お刺身、もう無いじゃない！　全部食べちゃったの？」

皿の上にはイワナの刺身が一切れも残っていなかった。伍楼が一気に食べ尽くしたことを歩子は気づいていたが、口を挟む雰囲気ではなかったので黙っていた。

「ああ、つい……」

伍楼の目が泳ぐ。

「ふざけないでよ！　そういうところよ！」

「すまない……」

「そ、そろそろ時間なので、戻りましょうか……」

涼子の剣幕に天幕も怯《ひる》んでいる。

それから数分、歩子は天幕の片づけを手伝い、帰り支度が整った。

「さあ、行きましょうか」

天幕が一同を見渡す。

「最後に教えて欲しい」

伍楼が声を掛けた。

「こだわっているわけではないんだが、気になってね。結局、この山で死体が見つかりにくい理由は？」

「ああ、それはですね」

天幕は鼻をかいた。

「理由は一つではないんでしょうけど、最も大きいのは権利の問題でしょうね」

「権利？」

「山に埋めた死体が発見されるきっかけは、木の伐採などで山が切り開かれたときが多いみたいです。でも、この山は土地の権利関係が複雑で、国や伐採業者が入らない」

「……それだけ？」

伍楼は顔を前に突き出した。

歩子も肩透かしを食らった気分だ。

「この辺りは稲本さんの土地ですが、もっと下流に行くと別の人の土地ですし、車道を越えるとまた別の地主がいます」

言われてみれば、ここに来るまで伐採された形跡はどこにも無かった。他の土地にも掘り起こされていないエリアがあるとしたら『人食い山』の異名もあながち誇大ではないのだろう。

「じゃあ、ここにも死体が埋まってるかもしれないの？」

涼子が怖がって足元を見た。

「んー、どうでしょうね。可能性がゼロではないですけど、日中は、我々や稲本さんも散策してますし、夜中に山を歩き回るのはそれこそ自殺行為です。だから、どうしても車道から少し離れた程度の場所に埋めることになる。これまで見つかった死体も車道の脇に埋められていて、舗装工事の際に掘り返されたみたいです」

「イワナの逸話と同じで、事実はつまらないな」

伍楼が鼻で笑った。感じの悪い癖は簡単に直らないらしい。

「でも、もしかしたら、ここにも埋まってるかもしれませんよぉ」

天幕が胸の前で両手を垂らして、オバケのポーズをした。

「やめてよー！　ただでさえ、こんなところ一人じゃ怖くて来れないんだから！」

涼子が本気で怒る。

伍楼が笑うと、涼子に肩を引っ叩かれた。

歩子はなぜか嬉しくなった。

伍楼の自殺を止められた安堵もあるが、一緒に沢を登ったというだけで、初対面の人達にどこか親近感を抱いていた。

「さあ、日が暮れる前に帰りましょう」

天幕が荷物を担ごうとすると、涼子がスマホを取り出した。

「待って、記念写真！」

涼子は伍楼の腕を摑み、川を背にして立った。

「はいはい、撮りますよ」

天幕が涼子のスマホに手を伸ばす。

「ガイドさんも入って」

涼子は天幕を引っ張り、伍楼の隣に立たせた。

その様子を山田が冷めた目で見ている。

「ほら、あなたも」

涼子は山田の腕を摑んだ。

「いえ……僕はいいです」

「だーめ。早く」

涼子は抵抗する山田を強引に引き込むと、歩子にスマホを渡した。

「撮ってもらえます？」

え、私だけ蚊帳《かや》の外？

歩子は寂しくなりつつも写真を撮り、スマホを涼子に返した。

「あなたも撮るでしょ。スマホ貸して」

涼子は入れ替わるように歩子を天幕と山田の間に立たせた。怒濤《どとう》の仕切りに流され、歩子は自分のスマホを渡した。

記念写真なんていつ以来だろう。

天幕と山田に挟まれ、歩子は少し緊張した。

伍楼は諦めたように時間が過ぎるのを待っている。

山田は歩子をちらりと見て、そわそわしている。

天幕はいつものニコニコ顔だ。

「はい、撮りまーす」

第三話　焚火の推理

1

　山小屋を模した小さな駅舎。その前をオレンジや緑の巨大カボチャがびっしり埋め尽くしている。山積みのカボチャが歩道や花壇を彩る光景はまるで童話の世界のようだ。

「そういえば、歩子、大人っぽくなったね」

　歩子は視線を店内に戻した。久しぶりに会った中学の同級生はひどくやつれて見える。

「そりゃ、お互いアラサーだもん。子供っぽく見えたら困るでしょ」

「そっか」

　愛理《あいり》は笑ってティーカップに口をつけた。表情や所作に昔と変わらぬ育ちの良さが出ている。

　中学卒業後、公立高校に進学した歩子に対し、愛理は私立に進み、その後、東京の音大に入った。以降、歩子は札幌、愛理は東京で生活しているが、二人の交流は継続し、社会人になってからも時折連絡を取り合っている。歩子にとっては数少ない現在進行形の友人だ。

「まさかニセコで愛理とお茶するなんて想像してなかったよ」

　歩子はカフェの窓から再びニセコの駅を眺めた。カメラを構えた観光客が駅舎とカボチャをフレームに収めようと試行錯誤している。

　歩子も学生の頃なら写真を撮ってSNSにアップしていただろう。巡査を拝命して以来、SNSへの投稿はやめた。刑事課に配属となった際には一つだけ残して、他のSNSアカウントを全て削除した。万が一の情報漏れを警戒してのことだ。今はたまに友人たちの近況をチェックする程度にしか使っていない。

　あの子が結婚したらしい。子供が生まれたらしい。旦那さんの仕事でシンガポールに引っ越すらしい。噂話も交え、共通の友達の話題で盛り上がった後、愛理が小さくつぶやいた。

「早いね……」

　自分がもうすぐ三十代になるなんて、子供の頃は全く想像できなかった。十代も二十代も精一杯生きてきた自負はある。目標だった警察に入り、刑事にもなれた。ところが、やっと辿《たど》り着いた場所は理想とかけ離れていた。疑念を向けようと思えば、矛先はいくらでもある。汚いと感じるものを許容できないのは自分が幼稚だからか。理想と違う現実を受け入れられないのはナイーブな甘ったれなのか。だとしたら自分は愛理と過ごした中学時代から少しも成長していない子供のままなのかもしれない。しかし——。

両手で包んだティーカップをじっと見つめる愛理の顔は切羽詰まっていた。過ぎゆく時間に圧し潰されそうになっているのは自分より愛理の方だ。今は愛理のことだけ考えよう。歩子は自分に言い聞かせた。

「聞いている限りだと、解決は難しそうね」

脱線していた話題を本筋に戻す。

「うん……警察もあまり期待できないって」

愛理は俯いてしまった。

この場ですぐ力になれないのが情けなかった。愛理が頼ってくれたのは自分が外《ほか》ならぬ刑事だからだ。歩子は不甲斐なさを恥じると同時に、改めて確信した。

やっぱり、これしか方法がない……。

すると、窓の外に見覚えのあるバンが現れた。

「来た！」

歩子は飛び上がりたい衝動を抑えた。

バンは駅前の交差点を曲がり、ゆっくりこちらへ近づいてくる。

「お願いした人？」

愛理もバンに目をやった。

「うん。でも、期待しすぎないでね。あの人、初対面だと——」

歩子は伝票を持って席を立った。

「ものすごく頼りないから」


カフェの前にバンを停めた天幕は運転席から笑いかけてきた。

「どうぞ、乗ってください」

歩子はすっかり慣れたバンの後部座席に愛理と乗り込んだ。

「すいません、遅くなっちゃいました」

天幕が振り返る。

「いえ、こちらこそ。遠くまで来ていただいて」

愛理は頭を深く下げた。

「十五分の遅刻なら天幕さんにしては上出来ですよ」

歩子が言うと天幕はフフフと肩を揺らした。

「こちらが友達の愛理です」

愛理は「間宮《まみや》愛理です」と丁寧に名乗り、またお辞儀した。

「天幕です。よろしくお願いします」

天幕もペコっと会釈を返す。

「場所は聞いていますので、まずは向かいましょうか」

「……お願いします」

愛理の声が硬くなった。

「出発しまーす」

天幕はツアーの時と同じように一声発し、車を出した。

荷台を見ると、シュラフやテント、クッカー類が積まれている。一人でもアウトドア専門店に立ち寄ったり、インターネットでキャンプ動画を見たりするようになったことで、歩子はだいたいのキャンプ用品を把握していた。

「あれ?」

隅に置かれた紙袋には満天キャンプの帽子が無造作に突っ込まれ、大量のカイロに潰されている。

「こんなにカイロ買い込んでどうするんですか」

「そろそろ山の上は冷えてきますからね。お客さん用の備えです」

イワナ釣り以降、歩子は二回、満天キャンプのツアーに参加していたが、登山は未経験だ。参加したのはいずれもデイキャンプで、天幕の料理がメインだった。

天幕と会話している間も歩子は愛理の様子を気にしていた。緊張を和らげようとしたのだが効果は無かったようだ。

走っていると、街のあちこちでカボチャが目についた。

「来月のハロウィンに向けて街中に置かれているんですよ」

天幕の説明を受けても愛理は窓の外を見ない。力んだまま俯いている。

「天幕さんにはおおまかに伝えてあるけど、詳しい話は愛理からしてくれる？」

「うん……」

愛理は顔を上げた。

前もって相談されていた歩子も注意深く耳を澄ました。

旧友を襲った〝窃盗団〟の手がかりを掴むために。

「今向かっていただいているのは、叔母夫婦の家がある別荘地です。私は年に三度そこで過ごしています」

愛理は慎重に話し始めた。

「いいなあ。じゃあ、ニセコには詳しいんですね」

深刻な愛理とは対照的に天幕は陽気な相槌《あいづち》を打つ。

「いえ。環境はとても良いところですが、休暇で訪れているわけではないので……」

「他に理由が？」

「バイオリンの練習です。防音の音楽スタジオがあるので、大学の長期休みに泊まり込みで練習しています」

愛理は幼い頃からプロのバイオリニストを目指していた。その夢は今も変わっていない。海外留学も経験し、現在は音大の修士課程に在籍している。夫の相馬《そうま》姓を名乗っている叔母《おば》夫婦は共に音楽家で、所属楽団から引退した後、ニセコの別荘を自宅にしていた。

「音楽スタジオがある家ですか。お金持ちなんですね」

天幕の軽口に反応し、愛理の眉がぴくりと動いた。

愛理の一族はたしかに裕福だ。歩子と共に通った中学校は国立のため学費は公立と変わらないが、裕福で教育熱心な家庭の子が多かった。中でも愛理の家は裕福さの面で群を抜いていた。それでも愛理は親の財力を鼻にかけることなく、ごくごく一般的な庶民である歩子と最も仲が良かった。むしろ温室育ちであることを気にしている節さえある。

それにしても天幕のデリカシーの無さには、たまにイラっとする。

「天幕さん、変に口を挟まないでくださいよ」

「すいません」

歩子と天幕のやり取りに愛理が戸惑っている。

「ごめん。愛理、続けて」

「うん……先月も叔母夫婦の家に泊まっていました。その間の一日、珍しく二人が外出することになったんです。倶知安《くっちゃん》で知人のコンサートがあるとかで。それで私が留守番を任されたんですが、ちょっと家を空けたところ空き巣に入られて……金細工の小物や宝石類が盗まれました」

無人であることが多い別荘地は空き巣の標的になりやすい。相馬夫妻の家がある別荘地でも、近年、空き巣被害が連続していた。組織的な犯行の痕跡もあることから窃盗団の存在が浮き上がっている。

「盗まれたのは、どれも叔母が大切にしていたものです。叔母はショックで体調を崩し、叔父の付き添いで倶知安の病院に入院しています。一緒に留守番をしていた従妹《いとこ》も落ち込んでしまって……申し訳なくて、これまでのように会いに行けない……」

「空き巣なんだから愛理のせいじゃないでしょ。叔母さんたちもわかってくれてるよ」

歩子が慰めると、愛理は遠い目をした。

「また窃盗団が来たら危ないから当面は来ない方がいいって……でも本心では怒ってるんだと思う」

「そんなこと……いくら留守番だって少しぐらいは……」

無理に慰めようとしても嘘っぽくなってしまう。留守を命じられていたのに外出したのは失態に違いない。

「普段、叔母さんたちは外出しないんですか」

天幕が尋ねた。

「週に何度か買い物に行く程度です。その際どちらか一人は家に残っています」

「愛理さんに留守を頼んだのは、泥棒を警戒して？」

「はい。特に叔母が心配していました。なのに、私は裏切っちゃった……」

現在も地元警察は窃盗団を逮捕できずにいる。

「どうして家を空けたんですか」

「従妹とハイキングに出かけたんです。バイオリンのことで思い詰めてしまっていたので気分転換しようと……二人ともリュックを背負って、遠足みたいだねって……浮かれていたんだと思います……でも、そのせいで大切な場所を失ってしまった」

歩子は愛理の背中をさすった。

「気持ちはとってもわかります」

天幕がバックミラー越しに微笑みかけた。

「でも、窃盗団の存在を気にしていたなら、叔母さんたちが帰って来てから出かけても良かったんじゃないですか」

「そうですね……どうしてだろう……たぶん、智香《ともか》が……従妹が帰る前にと思ったのかな」

「それに最近は盗難事件も起きていなかったんだよね」

歩子が補足すると、愛理は「それもある」とうなずいた。

　ここしばらくは窃盗団の動きが無かった。年に数回訪れる程度の愛理は窃盗団の存在に現実味を感じておらず、結果的にそこを突かれたことになる。

　空き巣被害を招いてしまった罪悪感。世間擦れしてない愛理にはストレスが強すぎると歩子は心配していた。しかし、ニセコは管轄外。プライベートでしか協力できない。土地勘も無く、地元警察以上の捜査は不可能だ。ただ、事件が起きたのは山やキャンプ場に囲まれた別荘地。そこに一縷《いちる》の望みを見出した。

「天幕さん、よろしくお願いします」

　歩子は改まって頭を下げた。

　窃盗団の手がかりを一緒に探してほしい。

　満天キャンプに出向いて助けを求めたとき、天幕は渋った。

　──警察じゃないので。

　そうだった。天幕は犯人捜しに興味を持たない。好奇心で事件に首を突っ込むこともしない。だから言い直した。

　友達を助けたい。

　いつしか「歩子ちゃん」と呼んでくるようになった小浮気の後押しもあって、天幕は協力を了承してくれた。

「ニセコに来られて、私も嬉しいですよ」

天幕が片手でハンドルを切りながら言った。

「小浮気にはスマホを持たされちゃいましたけど」

「それは別にいいじゃないですか。社会人なんだから」

歩子は軽口に戻った。休暇届を出してきてはいるが、自分もいつ、お呼びがかかるかわからない。

「盗品を取り戻したい理由は叔母さんのためだけですか」

天幕の唐突な質問に、愛理の肩がわずかに力んだ。

「……東京にいると、どうしても練習に制約があるんです。叔母の家なら一日中バイオリンに集中できます。自然にも囲まれて、最高の環境……でした。ごめんなさい。打算的で」

バイオリン奏者のピークは二十代後半。以前、愛理からそう聞かされていた。本来ならプロとしてキャリアを築いているべき時期に、まだ道筋すら見つかっていないことを愛理は焦っていた。両親からは経済的な援助を受け、叔母夫婦からは練習環境を与えられる。温室育ちであることに引け目を感じながらも夢の実現のためには温室から出ることができない。そのジレンマが余計に愛理を焦らせていた。焦りは雑念を生み、成長を阻害する。技術を磨いたところで夢が叶《かな》う確証など無い。出口が存在しないかもしれない迷路を我武者羅《がむしゃら》に進む愛理を痛々しいと感じることもあった。

「でも……やっぱり一番の理由は、叔母さんの大事なものを返してあげたいんです」

悲痛な顔で訴える愛理を見て、中学校の音楽室が頭に浮かんだ。

失恋したとき、一緒に泣いてくれたあの日から愛理は変わっていない。

バックミラーの中で天幕がうなずいた。

2

白、赤、茶、黄。色とりどりのペンションが立ち並んでいる。

どこでもいいからゆっくり二泊ほどしてみたい。刑事を続けている以上は不可能だが。休日であっても管轄外に出るときは署に滞在先を申告せねばならない。ペンションでのディナー中、ステーキにナイフを入れたところでスマホが鳴り響く光景を想像し、歩子は自嘲した。

天幕のバンは大通りから折れ、ペンションの脇を通って奥に進む。

特に看板が出ているわけではないが、別荘地に入ったことはすぐわかった。ペンションとは趣が異なるものの雰囲気のある洋館やロッジが碁盤の目状に整備された区画に整然と建っている。ニセコは近年、外国資本の参入によって地価が急上昇し、北海道有数の高級別荘地となっていた。

相馬邸は別荘区画の最奥にあった。黒紫色と天然色を組み合わせたツートンカラーの木造二階建て。基礎部分は石を敷き詰めて作られている。

相馬邸に近づくにつれ、愛理の表情は緊張の度を増していった。

邸宅の前には軽自動車が停まっていた。愛理の従妹、相馬智香の車だ。両親が倶知安に滞在している間、留守を預かっているという。

天幕は智香の車横にバンを停めた。

「いつもはバイオリンを持ってくるから……なんか変な感じ」

愛理が決まり悪そうに玄関の呼び鈴を押すとスピーカーから「はーい」と声がした。

「愛理です」

ドタドタ足音がして、ドアが開いた。小柄な女性が飛び出してきて、そのまま愛理に抱きついた。

「愛理ちゃん！」

「智香……」

ぎゅうっと智香に抱きしめられた愛理は複雑な顔をしている。

「来てくれてありがとう！　寂しかったぁ！」

智香は愛理から離れようとしない。

「ごめんね、智香」

愛理が謝罪を口にした途端、智香はがばっと身体をのけぞらせた。

「だから、愛理ちゃんのせいじゃないって！」

「でも……」

「いいから早く入って」

愛理の腕を引きながら智香は歩子と天幕をちらりと見た。

「こんにちは、愛理の友達です」

「ああ……はい」

智香は歩子から目を逸らし、もぞもぞし始めた。

「ごめんね、智香はちょっと人見知りで」

愛理が苦笑する。智香のハグが罪悪感を軽減したようだ。

「……そうなんです。気にしないでください」

智香は他人事のように言って、ペコっと会釈した。たしか四歳下だったはずだから二十四あたりか。もうそれなりの大人だが、小動物のような雰囲気に歩子は思わず目を細めた。愛理が妹のように可愛《かわい》がっているのもうなずける。

「どうぞ……」

智香の許しを得て、邸内に入ると、吹き抜けの玄関が出迎えた。

「だいぶ荒らされたの？」

歩子は通されたリビングを見回した。

空き巣に入られてから半月。屋敷はすでに片付いていた。もともと綺麗に整頓されていたのだろう。壁には絵画や家族の写真。カウンターキッチンの戸棚には高級食器。部屋のどこを見ても優雅な生活が想像できた。

「酷《ひど》かったよ。引き出しはあちこち開けられていて、コップや花瓶が床に落ちて割れてた。窓ガラスも散乱してたし……とても私たちだけじゃ掃除できないから業者に頼んだの」

愛理は眉を寄せた。

「空き巣はどこから？」

「そこ」

愛理が指したカーテンをめくると歩子の背よりも高い大開口窓が現れた。交換済みのようでガラスは割れていない。窓の向こうに中庭が見える。邸宅はコの字型の構造で、へっこんでいる部分が中庭となっており、そのまま邸宅の裏庭に続いている。中庭を挟んだ対面の部屋には小さな窓がついていた。

「防犯設備はどうなってます？」

庭を眺めながら天幕が尋ねた。

「窓が割られたときに警備会社へ通報が行っています。私たちが帰宅したときには警備会社の人がもう到着していました」

「警備会社が駆けつけるまでの時間は？」

「二十五分と聞いています」

　警備システムの記録では、窓が破られたのは午後四時十六分。愛理たちが帰宅する一時間ほど前だ。その頃コンサートホールにいた相馬夫妻はスマホの電源を切っていたため、警備会社は連絡を取ることができずにいた。

「泥棒の背格好はわかっていますか。防犯カメラは？」

「いえ、カメラには誰も……」

「誰も？」

「見てもらった方が早いと思います。智香、あれ見られる？」

「うん」

　智香はスマホを取り出し、何度か画面をタップしてから差し出した。

　歩子と天幕が同時にスマホを覗き込む。

　スマホの画面には四つの映像が並んでいた。防犯カメラの記録がＷｉ－Ｆｉでスマホに送られているようだ。映像の一つは見覚えがある。この屋敷の玄関前だ。画面の隅には日付と時刻が表示され、事件当時の録画映像であることを示していた。

「防犯カメラは玄関に一台、裏庭に一台、向かって左右の壁面に一台ずつ付いています」

裏庭の防犯映像には家庭菜園と倉庫が映っているが、中庭には向けられていない。中庭に侵入されたら死角になってしまう。

「これじゃ……ちょっと手薄だね」

歩子は肩をすくめた。

「叔母さんたちも今回被害に遭って初めて気づいたみたい」

愛理と智香が揃ってしょんぼりする。

防犯カメラに死角ができてしまうのはありがちな失敗だ。しかし、中庭に辿り着くまで他のカメラが見張っている。屋敷の前はもちろん脇を通ってもカメラに映る。窓が破られた時間の前後も確認したが、どのカメラにも人影は映っていなかった。

「裏庭に出てみましょう」

天幕の一声で四人揃って勝手口から裏庭のデッキに出た。

裏庭は邸宅の南側。小さな家庭菜園と倉庫があり、防犯カメラは勝手口の真上に設置されていた。カメラにはデッキの柵が一部見切れる程度しか映っていない。デッキを通れば裏庭のカメラに映らず、中庭へ侵入できる。

「泥棒はカメラの真下を通ったんでしょうね」

天幕はデッキを歩いてみせた。

リアルタイム映像に切り替えた智香のスマホに天幕の姿は映らない。

「でも、裏庭まで回る前に他のカメラに映りますよね」

歩子は建物の脇を覗いた。壁に防犯カメラが設置されている。

「そうですね」

天幕はデッキの柵を摑み、顔を裏庭に向けた。

「ですから、泥棒はあちらから来たことになります」

裏庭の先には森が広がっていた。

『森に囲まれた別荘地』。それがこの区画の売り文句で、相馬邸はその最奥。邸宅の背後はすぐ森だ。

窃盗団は森から来た――。

森を迂回《うかい》して裏庭に侵入すれば、どのカメラにも映らず、死角に入ることができる。

「だとしても入念な下見をしていたはずです」

「でしょうね」

手練《てだ》れの窃盗犯であってもぶっつけ本番で全てのカメラを把握するのは無理だ。相馬邸は以前から狙われていたことになる。

盗まれた宝石類は二階の寝室にあった。

中庭の窓を破り、リビングを荒らし、二階を物色。

犯行の流れをトレースするため歩子たちは二階へ移動した。

二階には相馬夫妻の寝室と個室が二つ。個室は子供達が泊まりに来たときに使われ、智香もそこで寝泊まりしている。

愛理は相馬夫妻の寝室を開けた。

「二階はそれほど荒らされていませんでしたが、ここで保管していた宝石類がいくつか盗まれました」

「高価だったの？」

「たぶん……ね？」

愛理が智香に目を向ける。

「……たぶん」

智香も詳しくは知らないようだ。

「他に盗まれたのは？」

「リビングにあった置時計。それは金細工だった」

散々荒らし回って金目の品だけ持って行ったということか。

「お金やクレジットカードは？」

「現金は置いてなくて、カードはクローゼットにしまってあって無事だった」

「窃盗団に入られたにしては被害が少なかったとも言えるのかなぁ」

天幕はどこか呑気だ。

「叔母たちは住まいや音楽にはお金を使うんですが、物欲はそんなに無いんです。でも、盗まれた物は叔母にとって思い出の品でもあるらしくて……」

いくつも宝石を所持しているのに物欲が無いという感覚は歩子には理解し難いものの、少なくとも相馬夫妻が華美な生活に重きを置いていないことは屋敷の内装などから感じ取れた。優雅な別荘地で悠々自適に暮らす音楽家の夫婦。窃盗団でなくても邸内には多くの〝お宝〟があると想像するだろう。盗まれた金製品や宝石の価格は不明だが、窃盗団にとっては期待外れに終わったことが想像できる。邸内が荒らされていたのも半分は苛立ちによるものかもしれない。

リビングに戻ると、智香が紅茶を淹《い》れてくれた。四人でテーブルを囲む。

「これはご兄弟ですか」

天幕は壁の写真を見ている。

「あ、はい……兄たちです」

智香がテーブルにカップを並べながら答えた。

壁には二枚の写真が飾られている。一枚は正装してオーケストラの中に立つ男性、もう一枚は同じく正装でピアノを弾く別の男性が写っている。

「今は二人とも海外の楽団に所属しています」

愛理は誇らしげに写真を眺めた後、テーブルに目を落とした。

「仁《じん》くんも義《よし》ちゃんも凄いよね……」

「そうかな」

智香は愛理の評価が不満なようだ。

「全然たいしたことない。愛理ちゃんの方がずっと上手いよ」

「それは……さすがにないと思うけど」

愛理は苦笑した。

「智香ちゃんも音楽やってるの？」

歩子に聞かれると智香は人見知りモードに戻った。

「バンド……やってます」

「へえ。どんなバンド？」

「うーん……ファーラウェイズとレディオヘッドを足して割ったような感じかな」

どちらもクラシックとロックが融合した作風だ。

「そうなんだ。私、両方好きだよ」

智香の表情が急に明るくなった。

「ホントですか？　最高ですよね！」

「う、うん……」

智香の豹変《ひょうへん》ぶりに圧され、歩子は飲みかけたカップを下ろした。

「智香はね、ピアノ兼ボーカルなの。音楽雑誌にも取り上げられたんだよ」

愛理が嬉しそうに言った。

「智香ちゃんはクラシックの道には進まなかったの？」

智香の兄たちは愛理と同じ東京の音大を出ているが、智香だけ音楽科がある札幌の私大を選んでいた。

「嫌ですよ。親の敷いたレールを走るなんてカッコ悪いから。バンドだって大学でたまたま組んだだけだし……」

智香は口を尖らせたが、すぐにはっとして愛理を見た。

「愛理ちゃんのことはカッコ悪いなんて思ってないよ。お兄ちゃんたちの話。愛理ちゃんは音楽一家じゃないから自分の意志で……その……」

「め」

愛理はもごもごしている智香の頬を突っついた。智香は噴き出して、愛理の肩にもたれかかった。

「子供たち全員が音楽の世界で活躍して、ご両親も喜んでるでしょ」

歩子も智香の失言をカバーしようと褒めてみたが、それは裏目に出た。

「全然。パパとママの自慢は、お兄ちゃんたちだけ。あの人たち、クラシック以外は認めないし。私のことは何やっても長続きしないって……」

子供を音大に入れるにはかなりの経済的負担がかかる。愛理が親に引け目を感じている要因の一つだ。相馬夫妻は子供二人が音大卒。智香も音大でないとはいえ費用は相当だろう。もしかすると邸内に金目のものが少ないことにも関係しているかもしれない。そこまでした結果、娘がクラシックを捨て、ロックバンドに傾倒したら……。壁に智香の写真は飾られていない。

「クラシックをやめた時点で私のことはどうでもいいんです。私より愛理ちゃんの方が可愛いだろうし」

「そんなわけないでしょ」

珍しく愛理が怒った。

「そんなことあるよ。最近は愛理ちゃんと過ごす方が長いじゃん」

「それは……バイオリンの練習があるから」

「だから可愛いんだよ」

愛理は絶句した。

智香は言い過ぎたと思ったのか、気まずそうにお茶を飲んだ。

「あのう、よかったら事件の経緯を整理させていただけますか」

天幕が話題を変えた。

「空き巣が入った日、愛理さんはここに泊まっていたんですよね」

「はい。その一週間ほど前から」

「智香さんは？」

「私はその日に」

「相馬夫妻が外出した後、お二人はハイキングに出かけた。ご夫妻が家を出てからどのくらい経ってからですか」

「十分くらいだと思います……」

愛理が嘆息する。

「だから、愛理ちゃんは悪くないって！」

今度は智香が怒った。

「でも、留守を頼まれたのは私だから……」

「関係ないよ！　愛理ちゃんはまだ練習したがっていたのに私が無理に誘ったんだから。それに悪いのは泥棒でしょ！」

「どうしてハイキングに誘ったんですか」

天幕が智香への質問を挟んだ。

「私はその日のうちに帰るつもりだったので。愛理ちゃんと久しぶりにいつものコースを歩きたかったんです」

「いつものコース？」

「ここから少し南に行くとキャンプ場があって。展望台までのハイキングコースもあるんです。私、車にキャンプ用品を積んでるんで、ハイキングとデイキャンプをしようと思って」

「キャンプが好きなんですか」

天幕の顔がぱっと明るくなった。

「はい……全然へなちょこですけど」

「天幕さんはキャンプのガイドをしているの」

歩子が紹介すると、智香のテンションが急激に上がった。

「そうなんですか！　どうしてガイドになったんですか」

「さあ……なんでかなぁ」

「音楽の趣味がいい彼女に、キャンプが好きな彼氏。超素敵なカップルですね！」

智香は歩子と天幕を見比べた。

ん……？

「いやいやいやいや。カップルじゃないよ！」

歩子は慌てて否定する。

「え？　じゃあ、愛理ちゃんの彼氏？」

「違うよ！」

愛理も焦る。

「なーんだ」

智香は少しトーンダウンした。

天幕だけが全く動揺していない。

「ご両親が外出することは知っていましたか」

「いいえ。っていうか、普通、娘が行くって伝えてある日に外出します？」

智香がむくれる。

「私も叔母たちの外出はその日に聞かされました」

愛理が質問を引きとった。

「他に知っていた人は？」

「コンサート自体が知人関係ですので、向こうで誰かと会う約束をしていたかもしれません。もし気になるなら叔母に電話してみましょうか……」

と、言いつつも愛理の顔にはためらいの色が浮かんでいる。気まずさを感じているのだろう。

「いいえ。今はまだ大丈夫です。留守にしていた時間はどのくらいですか」

「二時間ほどです」

「なるほど。他に調べておくべきところは……」

天幕はリビングを見回し、中庭に面した大開口窓に目を止めた。空き巣が侵入した窓だ。

「向こうの部屋は？」

中庭の先に見える小窓の部屋を指さす。

「防音スタジオです。ご覧になりますか」

天幕は「念のため」と答え、立ち上がった。

一旦リビングから出て、廊下を進むと金属製のドアに行き当たった。愛理はバー状の大きなノブを下ろし、ドアを開けた。

「うわあ」

歩子は感嘆した。

広々とした室内にはピアノやコントラバス、金管楽器などが置かれている。名前を知らない楽器もあった。壁にはフックに掛けられたバイオリンがいくつもぶら下がっている。

愛理がバイオリンを始めたのは叔母の影響だ。叔父はピアニストだが、他にも様々な楽器を弾きこなせるらしい。

「いつもここで練習してるの？」

「うん。時間を気にせず練習できるのはここだけ」

「この部屋が荒らされなくて良かったね」

「ええ。もし、叔母さんたちの楽器まで壊されていたらと思うと……」

愛理は、楽器をじっくり眺めている天幕に顔を向けた。

「天幕さんは楽器にも詳しいんですか」

「とんでもない。音楽センスはゼロです」

天幕は顔の前で手をひらひら振った。

歩子も楽器のことはよくわからないが、そばで見るとどれも美しい。

天幕と二人でしばし見惚《みと》れていると、

「じゃあ、戻りましょうか」

と、愛理がドアを開けた。

「――んなの嫌だよ！　バスかタクシーで来て」

ドアの隙間から智香の怒鳴り声が飛び込んできた。ドアが開くまで聞こえなかったが、誰かと電話しているようだ。

智香の話し声を聞きながらリビングに戻る。

「……わかった。じゃあね」

電話を切った智香は愛理に「嗣治《つぐじ》」とだけ伝えた。

「嗣治くんがどうしたの？」

愛理も知っている人間のようだ。

「あと一時間したら駅まで迎えに行ってくる」

「ここに来るってこと？」

「うん。あいつ、お金が無いから車で迎えに来いって。悪いけど、そのとき留守番してくれない？」

「え？　うん……」

うなずきながら愛理は表情を曇らせた。

3

智香が出かけるまで一時間。歩子は天幕と愛理との三人で別荘区画を見て回ることにした。

かつて空き巣被害に遭ったのは、この区画だけで二軒。相馬邸は三軒目だ。

相馬邸から離れるのを待って歩子は愛理に尋ねた。

「智香ちゃんは誰を迎えに行くの？」

「嗣治くん。智香のバンドのリーダー。お付き合いもしているみたい」

「恋人を呼んだってこと？」

「あの二人は、学生時代からいつも一緒。今回は智香も一人じゃ心細いだろうから、むしろまだ来てない方が意外だったよ」

「いつも一緒ということは、もしかして事件の日も？」

「うん。二人で来てたよ」

「じゃあ、ハイキングには三人で行ったの？」

「そう。三人でテントを張ってから――」

事件当日は、智香と恋人の嗣治が来訪し、相馬夫妻が外出。そのあと愛理、智香、嗣治の三人がハイキングに出かけた。普段の相馬家より人の出入りが多い。周囲からは目立って見えただろう。

過去に被害を受けた別荘の一つは二ブロック離れた場所にあった。

周りの邸宅にも人の気配は無いが、目の前の屋敷はより寂しさが際立っていた。

「空き巣に入られたのは一年くらい前。被害が大きかったらしくて、オーナーはここを手放したの。まだ買い手はついてないみたいね」

愛理が小声で説明した。

「詳しい状況はわかる？」

愛理は首を横に振った。

「ちょっと聞いてみましょうか」

天幕が目で通りの向こうを指した。

数軒先の屋敷の前で年配の男性が草花に水をやっている。

「最近は、ここいらもすっかり変わっちゃったからねえ」

男性は気さくに応じてくれた。

「この家も昔買っておいて良かったですよ。今じゃとても手が届かない。あそこのお宅は四、五年前にいらしたんですが、やっぱりお金持ちでね。結構派手なことをしていましたねえ」

男性は事件の詳細を同情交じりに語った。

「オーナーがワイン好きでねえ。いつも週末に来てたんだけど、地下を丸ごとワインセラーにして高価なワインを貯蔵していたそうで……まあ、高価というのは、あの事件が起きてから知ったんですが」

「というと？」

「ワインがごっそり盗まれたんです。五十本ほどだとか。どれも高額で中には……モン……モン……モンブラン？」

「モンラッシェですか」

天幕が助け舟を出すと、男性は人差し指を立てた。

「そう！　それも盗まれたと落ち込んでましたよ」

「そりゃ、相当だぁ」

天幕は肩をすくめた。

ワインボトルを五十本。重さにして七十キロは超える。物によっては百キロ近い。場所も取る。一人で一度に運ぶのは無理だ。

「他にもアンティーク家具とか高いものは一通り持っていかれたみたいです」

「物音などは聞きましたか」

「いえ。私は街に出ていましたから。それにピッキングって言うんですか。鍵をこじ開けてこっそり入ったみたいなんで、どっちみち気づかなかったんじゃないかな。そこそこ離れてるし」

「警報は？」

「うーん、鳴ったのかな。この辺は季節によっては人がほとんどいなくなるしねぇ」

それでも犯人が長居するとは考えにくい。短時間でそれだけの物を運び出したということは、やはり集団の犯行だ。

男性に礼を言い、次の被害者宅に移動した。

こちらも無人だったので、また近所の人から話を聞くと、手口はほぼ同じだった。

短時間で高価な品を根こそぎ盗まれている。

人の目が少なくなりやすい別荘地では防犯に限界がある。とはいえ、さすがの窃盗団も全ての邸宅を順に押し入るわけにはいかない。収穫が多そうな邸宅を狙うはずだ。ターゲットにされないよう、金満ぶりを周囲に知らせないのが一番の防犯とも言える。

では、なぜ相馬邸が狙われた？

相馬夫妻が金製品や宝石の存在を周囲に吹聴《ふいちょう》していたとしたら窃盗団の耳に入った可能性もある。しかし、愛理に確認すると、金品を自慢するような人たちではないと断言された。

「天幕さん、どうですか」

天幕は被害に遭った邸宅の周囲をぐるぐる回っている。

「そうですねえ。これといって目立ったものは……」

実子誘拐を追跡したときのような発見を期待していたが、そうそう上手くはいかないようだ。

一方で、歩子自身、気になることがあった。

「愛理が家を空けていたのは二時間だったよね」

「うん。家を出たのが午後三時頃で戻ったのが五時過ぎだから」

二時間――。警報が鳴っても警備が駆けつける前に逃げおおせる窃盗団からすれば充分過ぎる時間だ。ただ、犯行時は愛理たちがいつ帰ってくるか予測できなかっただろう。それに、これまで狙われたのは「別荘」だ。不在期間に家人と鉢合わせするリスクは無い。しかし、相馬邸は夫妻が居住している。いくら入念な下調べをしていたとしても、留守になるタイミングまでは把握できないはずだ。

相馬邸に戻る途中でパトカーとすれ違った。

窃盗団がこの周辺に現れたのが一年前。以来、別荘区画のパトロールが強化されているという。それに加え、別荘のオーナーたちも警備の増強や高価な品を置きっ放しにしないなどの対策を取るようになっている。窃盗団としては少なからずやりにくくなっているだろう。相馬邸に押し入ったのは選択肢が狭まった故か――。

背筋が冷たくなった。

そもそも窃盗団が家主との鉢合わせを大した問題と捉えていなかったら……。

近年の窃盗団は手口が凶悪化している。家主が在宅していても関係なく、力ずくで金品を奪う。もはや空き巣ではなく強盗だ。殺人に発展したケースもある。

家主不在の方がスムーズに仕事を進められるが、仮に鉢合わせしても殺せばいい。

そう考えていたら……。

愛理たちの帰宅がもっと早く、窃盗団と遭遇してしまっていたら……。

いくつもの仮定が浮かび、その度に恐怖が膨らむ。刑事として動いているときには決して湧かない感情だ。

歩子は隣を歩く愛理をまじまじと見つめた。

「ん？」

歩子の視線に愛理が気づく。

歩子は黙って首を振り、歩き続けた。

盗難で済んだのは不幸中の幸いなのかもしれない。

しかし、同時に留守中を狙った犯行であることも間違いないだろう。強盗のつもりで押し入ったが、たまたま留守だった、という可能性は低い。相馬邸が無人になる機会はまず無いからだ。

相馬邸に到着した。

歩子は玄関で愛理と天幕に先を譲り、背後を振り返った。

静かな別荘地。

こちらからは窃盗団の影すら見えない。が、ピンポイントで留守を狙われたとすれば、相馬邸は事件当日も監視されていたことになる。

4

三人と入れ違いで智香が嗣治を迎えに行った。

留守番をしている間、歩子は愛理と共に家の中を見て回ったが、手がかりらしきものは見つからなかった。天幕は裏庭に出たり、邸宅の周囲を見て回ったりしていたが、しばらくすると戻ってきた。

「何かありましたか」

歩子に聞かれても天幕は、うーんと唸っている。やはり、これ以上の進展は難しいようだ。

と、そのときインターホンが鳴った。

智香が忘れ物でもしたのか。しかし、彼女は鍵を持っている。

「あら」

壁のモニターを見た愛理が小さくつぶやいた。

〈大河内《おおこうち》です〉

モニターのスピーカーから男の声が発せられた。

「はい、今開けまーす」

愛理は玄関に出ると、年配の男性を連れてリビングに戻ってきた。

「お向かいの大河内さんです」

「やっぱりお客さんが来てましたか。ちょっと間が悪かったかな」

大河内は、にこやかに禿頭《とくとう》をなでた。

「いいんですよ」

愛理は歩子と天幕を紹介し、大河内をテーブルに案内した。

着座した大河内は遠慮がちに口を開いた。

「さっき愛理ちゃんを見かけてね。その……」

「空き巣の件ですか」

愛理がお茶を淹れながら応じる。

「お二人にもその件で来てもらっているんです」

「ああ、そうでしたか」

大河内は身を乗り出した。

「いやあ、私が余計なことをしたから帰るのが遅くなったのかなと思って、申し訳なくてね」

「余計なこと？　盗難事件と関係が？」

歩子も身を乗り出す。

「ええ。山菜採りの途中で愛理ちゃんたちに会ったんですよ。あれはどこだったかな」

「展望台の辺りですね。ハイキングコースの折り返し地点」

愛理がキッチンから答える。

「そうそう。そこでお裾分けをしたもんで、愛理ちゃんたちに時間を取らせてしまって」

「立ち話をしたのは数分だけですよ」

「でも、キャンプ場に下りてから食べたんでしょう。山菜が無かったらもっと早く帰れて、空き巣に入られなかったかもしれない」

「テントに戻った頃にはもう空き巣が入っていましたから。大河内さんに責任なんてありませんよ」

「そお？　いやあ、気になってさあ」

その割に、大河内はすっかりくつろいでいる。

「あのう」

黙って聞いていた天幕が顔を突き出した。

「お裾分けというのは？」

何かと思えば、そんなことか。

「ああ、そうだ」

大河内は脇に置いていた袋を持ち上げた。

「今日も持って来たんだ。お土産ね」

袋からは大きな葉が飛び出している。

「蕗《ふき》ですね！　姫竹もある！」

天幕は袋を覗いて、にんまりした。

「今朝採ってきたの」

「いいですねぇ」

「いつもありがとうございます」

愛理が笑って会釈する。大河内とはかなりの馴染《なじ》みらしい。

「若い人はあんまり喜ばんかもしれんけど」

「嬉しいですよ。あの日の筍《たけのこ》も美味しかったです」

「せっかくなので、簡単なもの作りましょうか」

天幕が張り切り出した。

愛理や大河内は驚いている様子だが、歩子はなんとなくこの展開を予想していた。

「ほう、若いのにやるねえ」

何が、やるねえ、なのかわからないが、大河内はニヤリとして、袋を天幕に渡した。

「愛理さん、キッチンお借りしてもいいですか」

「ええ……構いませんけど」

愛理が了承するや否や天幕はキッチンに回った。

蕗を取り出すと、葉を切り落とし、長い茎を掌程度の長さに切り分けた。

「手慣れてますな」

大河内がカウンターの前から天幕の手元を覗き込む。

歩子と愛理も倣った。

「こんな立派なキッチンとはご縁が無いですけどね」

天幕は切った蕗をまな板の上で束にし、塩をたっぷり振りかけた。そのまま両手で塩を擦り込むようにゴロゴロと転がす。

「板ずりも慣れてるねぇ」

大河内が感心する。

何をしてるんですか、とは恥ずかしくて聞けない空気だ。

「アクを抜くんです」

天幕が誰にともなく説明した。

歩子は内心を見透かされたかと、頬が少し熱くなった。

「蕗はそのままじゃ苦味が強いのでアク抜きは欠かせません。板ずりは最初の工程ですね」

板ずりを終えると、天幕は水を沸騰させた鍋に蕗の束を入れた。

「これで食べられるようになるんですか」

迂闊《うかつ》な質問をしてしまった。

「まだまだ」

隣の大河内に笑われた。

鍋のお湯がみるみる茶色く濁っていく。

「これがアク……」

見た目だけでも苦味が伝わってくる。

天幕はボウルに水を張り、その中に茹《ゆ》でた蕗を移した。水は透明のまま。アクは抜け切ったのか。

「ここからしばらく流水につけることで最後のアクを抜きます」

「まだあるんですか」

下ごしらえにここまで手間がかかるとは知らなかった。

「その間、姫竹をやっちゃいましょう」

天幕は細長い姫竹の束をまな板に置き、穂先と根元を切り落とした。再び鍋の水を沸騰させると、姫竹の皮に切り込みを入れ、鍋にぽいぽい投入する。

「十五分ほど茹でたら食べられます」

「こっちはずいぶん簡単ですね」

「孟宗竹《もうそうちく》のような一般的な筍は、蕗と同じくアク抜きが必要になりますが、姫竹は下ごしらえが楽なんです。採れたてなら尚更《なおさら》」

「同じ筍でも種類によって調理法が変わるんですね」

太さが十センチ以上もある孟宗竹と姫竹とではアク抜きの手間も違って当然か。

「厳密には、姫竹は筍ではなく、笹《ささ》の芽です」

「え？　ずっと可愛い筍だと思ってました」

愛理が目を丸くする。

「まあ、たいてい筍として扱われてますからね」

茹で上がった姫竹は、水で冷やされた。

「皮、むいてみます？」

歩子は天幕から姫竹を渡された。茹でる前に入れられた切り込みが開いている。そこに指をかけて広げると、簡単に皮がむけた。横で愛理も倣っている。

「こんな簡単だったんだぁ。智香たちと食べたときは、むくのがちょっと大変だったんです。茹でる前に切り込みを入れればいいんですね」

愛理は明るさを取り戻していた。

「食べてみい」

大河内に促され、歩子は姫竹をかじった。決して濃厚とは言えないが、しっかりと甘味がある。このままでも美味しい。

「この前はマヨネーズで食べました」

愛理が冷蔵庫から持ってきたマヨネーズをつけ、二人で姫竹を食べる。お互い笑みがこぼれた。

それから天幕は蕗と姫竹を塩コショウで炒めた。

皆でテーブルに戻り、皿を囲む。

一口食べると、なぜだかほっとした。

素材の風味を優先した、ささやかな味付けは自然の優しさを感じさせる。歯ごたえも心地いい。都会の派手で贅沢な生活は刺激のインフレを繰り返す。本当の充実とは、こうした些細な幸せを毎日続けることではないのだろうか。きっと明日からはまた味の濃いコンビニ弁当を食べるのだろう。だから、定期的にこの味で身体を休めたい。そう思わせた。

「旨いねえ。うちは天ぷらにするかピリ辛煮なんだよ」

大河内が次々口に入れながら言った。

「天ぷらもいいですよねぇ」

天幕と大河内は、すっかり意気投合している。

山菜談義は皿が空になるまで続けられた。

「じゃ、困ったことがあったらいつでも言いなさいね」

ひとしきり喋った大河内は、愛理に付き添われてリビングを出ていった。

天幕は皿を洗い出した。

歩子は廊下まで大河内を追い、声をかけた。

まだ聞かないといけないことがある。

「大河内さんはお向かいに住まわれているんですね」

「そうですよ。居住組はウチと相馬さんの他にも数軒あります」

「事件のあった日、怪しい人影を見ていませんか」

「見てないんだよね。警察にも言ったけど」

「物音はいかがですか？　空き巣は窓を割って侵入しているんです」

大河内は玄関で靴を履き終え、顔を上げた。

「そのときは私もまだ帰宅してなかったんだよ」

「事件の前は？　些細なことでも構いません。いつもと違うことは……？」

大河内は申し訳なさそうに首を横に振った。

「ごめんね。力になれなくて」

窃盗団の目撃情報は寄せられていない。誰にも見られず、相馬邸を監視することなど可能なのだろうか。

「じゃあ、お邪魔──」

大河内が礼を言いかけると、背後のドアがガチャリと鳴った。

ドアを開けたのは智香だった。

「あれ、智香ちゃん。おかえり」

大河内が笑いかける。

「……どうも」

智香はご近所との付き合いが無いのだろう。人見知りを発動している。

「ちょっと長居しちゃったね。お邪魔しました」

大河内は改めて礼を言い、出て行った。

ドアは智香が押さえている。

「入って」

智香に促され、大河内と入れ替わるように若い男が現れた。

これが嗣治か。智香よりは背が高いものの小柄だ。愛理に似てどこかほんわかしている智香とは対照的に、目つきが鋭く、排他的な空気をまとっている。

嗣治は敵意に満ちた視線を歩子に向けて、舌打ちした。

「他人がいるなんて聞いてねえぞ」

「愛理ちゃんの友達だよ」

智香は困ったように言い、歩子の顔を窺った。

嗣治は歩子のことなど気にかけていないとばかりに智香を詰《なじ》る。

「誰もいないって言うから来てやったんだろ」

「私たちは今日しかいないよ」

愛理が気を遣う。

嗣治は愛理を一瞥して続ける。

「じゃあ、明日で良かっただろ。バイト一日分損したわ」

「そういうことは上で話そ」

智香は嗣治の袖を引っ張った。

嗣治は舌打ちをして、乱暴に靴を脱ぎ、二階へ消えた。

嘆息する智香の頭を愛理がなでる。智香は無言で愛理に抱きついた。

智香ちゃん、今すぐあの男と別れなさい。

歩子は喉まで出かかった言葉をのみ込んだ。

「……すいません」

智香は歩子に頭を下げ、階段を上がって行った。その背中を愛理が心配そうに見つめる。

礼儀知らずの粗雑な恋人であっても離れられない。人前でも愛理に甘えてしまう。薄々察してはいたが、智香は愛情を極度に欲する性質なのだろう。親に兄たちと比較され続け、評価してもらえない生い立ちがそうさせているのかもしれない。

「あのう」

リビングから天幕が顔を出した。

「皆さん、お揃いですか」

「……智香と嗣治くんなら上にいますけど」

愛理は不安そうに言った。

「皆さんに確認したいことがあるんです」

「……もう少し落ち着いてからの方がいいと思うのですが」

「そうですかぁ。すぐ済むんですけどね」

天幕は鼻をかいている。

何か考えがあるのだ。歩子は直感した。

「確認したいことというのは？」

「いやあ、この言葉を使うのは、ちょっと恥ずかしいんですが……」

「自分から言い出しておいて、照れないでくださいよ」

ごにょごにょ言う天幕に歩子が突っ込む。

嗣治とは違う意味で面倒くさい。

「では、言っちゃいますね」

「はい、どうぞ」

「皆さんのアリバイです」

5

「警察でもないのに、すいません」

天幕が頭を下げた。

リビングには愛理に呼び戻された智香と嗣治も顔を揃えている。皆が着座する中、嗣治だけは立ったまま不満を態度で示していた。

「知らねえオッサンに疑われる覚えはねえんだけど」

「すいません」

だいぶ年下の嗣治に天幕は恐縮する。

「疑っているわけじゃないですよね。一旦、全体像を整理して――」

歩子がフォローしようとすると、嗣治が遮った。

「アリバイを聞くって、そういうことだろ！」

「嗣治、やめなよ」

智香が嗣治の腕を触り、なだめる。

「うるせえな。こいつらは盗まれた物を探しに来たって、お前言ってたろ！　全然話が違うじゃねえか！」

嗣治は智香にも怒りの矛先を向けた。

「落ち着いて……話を聞いてよ」

「ったく、やっぱ来るんじゃなかったわ！　どうしてくれんだ！　バイト休んだんだぞ、俺！」

「嗣治くん、大きな声出さないで」

愛理がたしなめた。人を注意するのに慣れていないのだろう。表情が強張っている。

それを見透かした嗣治は全く折れない。

「愛理ちゃんも知ってんだろ。俺、嫌なことは嫌って言う人間だからよ」

本人は堂々と言ってやったつもりなのだろうが、そのドヤ顔は幼稚で軽薄だ。

その上、品定めするように歩子の全身をじろじろ眺めた。

「お姉さん、いくつ？　愛理ちゃんの友達なら三十歳くらい？　でも、年上とか関係ねえから、俺」

よし、死刑。

もう黙っていられない。

口を開きかけると「おねがい……」と縋《すが》るような声がした。

智香が嗣治の腕を摑んだまま涙をこぼしている。

「……泣くなよ」

虚を突かれたのか、嗣治は不貞腐れて、スマホを弄《いじ》り始めた。

「私が面倒なお願いしたからですね……すいません」

智香の涙には天幕も弱ったのだろう。しょんぼりして謝った。

「実は、ハイキングに出てからの行動は警察にも聞かれたんです」

場を繕うように愛理が発言した。

「でも、空き巣が入った頃、間違いなく私たちはキャンプ場にいたとわかって、納得してくれました」

「証拠があったの？」

歩子は安堵した。友人が少しでも疑われるのは気持ちのいいものではない。

「うん。大河内さんが――」

ハイキングコースの展望台付近で愛理たちに出会ったと大河内が証言した。時刻が午後三時四十五分だったことも大河内が確認している。相馬邸の警報が作動したのは四時十六分。三十分のタイムラグがある。

「ここからキャンプ場まではどの位かかる？」

「車で十分かな」

「キャンプ場から展望台までは？」

「二十分くらい」

両方の時間を足しても間に合う。急げばもっと早く戻れるかもしれない。

「でも、車を使わずに歩いて帰ると一時間くらいかかっちゃうから」

愛理はそう続けた。

「歩いて帰る……どうして？」

「キャンプ場の駐車場には監視カメラが付いていて。それで、私たちが五時過ぎまで車を出していないって証明されたの」

徒歩で戻れば一時間。大幅にタイムオーバーだ。

「それと、キャンプ場の売店で買い物をしたのが、空き巣に入られた直後だったから。レシートも残ってるよね？」

愛理が確認すると、智香は真っ赤な目で同意した。

「レシートは警察に渡しました。四時十八分って記載されていました」

わずか二分で盗みを働き、キャンプ場に戻るのは不可能だ。そもそも愛理が窃盗団に関係しているなら友達の刑事にわざわざ捜査を頼むはずがない。

「ありがとうございます」

天幕は一同に礼をした。

「確認させていただきます。皆さんは三時四十五分にハイキングコースで大河内さんと出会い、五時過ぎまでは車を出していない。車を使わなければ、空き巣が侵入した四時十六分までにキャンプ場からここへ戻ることはできない、ということですね」

改めて整理された時系列を聞き、愛理は慎重にうなずいた。

「わかりました。では、もしよろしければ、皆でキャンプ場に行きませんか」

一同の目が点になった。

さすがの嗣治も言葉を失っている。

「皆というのは……？」

愛理が聞いた。

「ここにいる五人です」

「それじゃ家に誰もいなくなります」

智香が眉をひそめる。

「はい。でも問題ないと思いますよ」

天幕は平然と答えた。

智香は信じられないといった顔で愛理を見た。

「天幕さん、誰かが留守番をしていないと……」

愛理が智香の気持ちを代弁した。

それでも天幕はどこ吹く風。

「もう泥棒は来ませんよ、たぶん」

「たぶんだと？ 適当すぎるだろ」

嗣治が睨《ね》め上げた。

しかし、天幕の顔は智香に向いている。

「智香さん、どうしても家を空けられませんか」

「まあ……両親からは念のため留守番するように言われているだけですけど……」

一度押し入った家をすぐまた窃盗団が狙うとは考えにくい。が、当事者にしてみれば、心配だろう。

「無理強いはしませんが、ここにはもう手がかりは無いと思います」

「キャンプ場にはもっとねえよ」

嗣治が横槍を入れた。

「キャンプ場が事件に関係あるんですか」

歩子も合点がいかなかった。

キャンプ場は愛理たちが訪れただけの場所だ。そこで手がかりを探すということは

――愛理たちが事件に関係していると天幕は考えているのか。それとも窃盗団がキャンプ場にいたと、どこかで気づいたのか。

嗣治がテーブルに腰かけた。

「俺、疲れてんだよ。もし、あっちに手がかりがあるってんなら、勝手に探して、ここに持ってくればいいだろ」

天幕は穏やかに応じる。

「皆さんに現地で見てもらいたいんです」

6

夕方まではまだ時間がある。

嗣治がもたらした閉塞感は、外に出ることで緩和された。

智香が車のエンジンを掛けた。

向かいの家のポーチでは大河内がロッキングチェアに揺られている。歩子は軽く会釈して、愛理と共に智香の車に乗り込んだ。天幕から智香の車で先にキャンプ場へ行って欲しいと言われたからだ。天幕のバンに比べると智香の車は後部座席がかなり狭い上、荷台にはキャンプ用品が積まれていて、視認性が悪い。

邸宅の前で見送る天幕を残し、車は別荘区画を徐行し始めた。

車内に沈黙が続く。

嗣治は助手席で腕を組んでいる。

もはや邸内より息苦しい。

車は別荘区画を出て、比較的大きな通りを右折した。渋滞も無く、スムーズに直進してまた右折。道は片側一車線となり、両脇を木々が塞いだ。三分ほど走るとキャンプ場の看板が現れた。智香は右折して、ゆっくり駐車場に入り、車を停めた。

所要時間は九分だった。

「……どうしましょうか」

エンジンを切った智香が振り返った。

「とりあえず、前にテントを張った場所へ連れて行ってくれる?」

歩子は天幕の指示を繰り返した。

駐車場と隣接したキャンプサイトは、なんとか全域を見渡せるほどの広さだ。サイト内は整地されているものの周囲は鬱蒼とした森に囲まれている。サイトの入口にはハイキングコースの案内板が立っていて、その矢印の先には炊事場を伴う売店があった。

サイトの中央あたりで愛理たちは足を止めた。

「この辺だったよね？」

愛理と智香がうなずき合う。

「はあ？」

嗣治が眉間にしわを寄せた。

「ここでしょ？」

智香が念を押す。

嗣治は答えず、目を遠方に向けている。

その視線を追うと――。

「あ……」

歩子は声を漏らした。

森を背後に天幕がこちらに向かって歩いている。

「……どうして？」

愛理が答えを求めるように歩子を見つめた。

車で追ってきた？

違う。それなら気づいているはずだ。何より天幕は駐車場の逆側から来ている。まるで森を抜けてきたかのように。

まさか――。

「よかった」

合流した天幕は、わずかに息を弾ませていた。

「なんとか約束を守れましたね」

「約束……？」

「手がかりをお見せするって言ったでしょ。上手くいくか少し不安だったんですが、大丈夫でしたね」

「……説明してください」

のんびり喋る天幕を歩子がせっつく。

「相馬邸からここまで車で約十分。それは間違いないですね」

「ええ。確認しました」

「ただ、相馬邸からここまでのルートは一度、別荘区域を北に出て、ぐるっと回ることになります」

「たしかに」

右折、右折、右折でここまで来た。道順だけ考えれば遠回りとも言える。

「でも、このキャンプ場と相馬邸の直線距離は一キロです」

天幕はポケットからスマホを取り出した。

「地図アプリの便利さは否定しませんよ。それでもって——」

背後の森を振り向く。

「あの森を通れば、徒歩でも十分ほどで着きます。それなりに障害物がありますし、少々急ぎますけどね」

ここは別荘地の南。相馬邸の南側に広がっていた森がキャンプ場と別荘地を隔てていた。

「つまり、車を出さなくても展望台から相馬邸まで三十分で行けると……？」

歩子は、天幕が相馬邸の周囲を見て回っていたのを思い出した。その際、森とキャンプ場の位置関係に当たりをつけていたのだ。

「何が言いてえんだよ」

嗣治が食って掛かった。

「だから俺たちがやったってか？　窃盗団の話はどうなったんだ！」

「盗みに入ったのは、窃盗団じゃないと思います」

あっけらかんとした天幕の宣言に一同が沈黙する。

「根拠は……？」

天幕が適当なことを言うはずがないと信じていても、そうですか、とはのみ込めない。

「住人がいる家を狙う。ピッキングではなく、窓を破って侵入する。これまでの窃盗団と今回の泥棒は手口が全く違います」

「それはターゲットの選択肢が狭まっているからでは？」

「うーん。その可能性もありますが、防犯カメラの死角を調べ上げているにもかかわらず、ガラスを割って侵入するなど、緻密なのか雑なのかわからない歪さが今回の泥棒にはある。まあ、慎重かつ大胆とも言えるかもしれませんが。ただ、一番不自然なのは、その後です」

「……侵入してから、ということですか」

「はい。今回の被害は金細工の小物と宝石です。高価なのかもしれませんが、ちょっと控えめすぎる。以前は家具やワイン五十本を盗み出していたんですよ」

「めぼしいものが無かったということは？」

「あんなお宝があるのに？」

「お宝？」

「事件当日、愛理さんが持っていた最も高価なものは何ですか」

突然、一同の視線を浴びた愛理は目をぱちくりさせた。

「……バイオリンです」

「どこに置いてありましたか」

「スタジオに」

「もちろん、相馬さん夫妻の楽器もありましたね」

「はい」

「プロの演奏家だったご夫妻が保管している楽器です。どれも愛理さんのバイオリンに負けない価値があるのでは？」

愛理は大きくうなずいた。

「……私のバイオリンよりずっと高価です」

「相馬さん夫妻の楽器がいくらするのか見当もつきませんが、アンティーク家具や高級ワインをも盗み出す窃盗団なら放っておくはずがない。でも、今回の泥棒は違う。そもそも沢山盗み出すつもりはなかったんでしょう。なにしろ森からやってきてるんですから」

天幕に言われて、歩子は気づいた。

「車ですか」

家具まで盗み出すつもりなら、家の前に車を置き、できるだけ最短距離で積み込む必要がある。しかし、森に回って侵入する動線は移動距離が長く、短時間で多くの盗品を積み込むことができない。

「だから何だよ！」

怒声が響いた。嗣治が青筋を立てている。

「そいつらが盗んだんじゃねえからって、どうして俺らが疑われねえといけねえんだよ」

「あ、いや、別に皆さんが犯人だと言ってるわけじゃ……」

天幕が慌てる。

「そう聞こえますけど！」

嗣治が顎を突き出した。

小柄な嗣治に長身の天幕が圧《お》されている姿はシュールだ。

「あ……でも……売店で買い物していた証拠もありますし……」

天幕も忘れているわけではない。空き巣が侵入した時間、愛理たちはキャンプ場の売店で買い物をしている。たとえ、キャンプ場から十分程度で行く方法があってもアリバイはしっかり成立しているのだ。

「嗣治、恥ずかしいからやめて……」

智香が暗い顔で嗣治を抑える。

「お前も言ってやれよ！」

「……」

「なんで、わざわざニセコまで来て、嫌な思いさせられなきゃなんねえんだよ！」

智香の目に涙が溜まる。

嗣治は舌打ちをし、智香の肩を抱いた。

「泣くなよ」

「だって……」

「怒鳴らねえから」

なんとか収まりそうだ。

「それで、ここに来たのは移動時間の話をするためですか」

歩子は天幕の目的が他にあると察していた。

「せっかくなので、ハイキングコースを見てみましょう」

「事件に関係あるんでしょうか。仮に窃盗団の犯行じゃなかったとしても新手の空き巣かもしれませんよ」

「泥棒が森から侵入したのは間違いありません。当初我々は、泥棒が別荘地側から森を経由して相馬邸の裏庭に回ったと考えましたが、森を抜けられるとなれば――」

「犯人たちもここから相馬邸に向かったということですか」

「あり得るかと」

なぜ、そんな面倒なことを……。

そう口にしかけたとき、一人の人物に思い当たった。

「では、行きましょうか」

天幕が切り出すと、嗣治がまた舌打ちした。

「今からハイキングかよ」

「そうですねえ。せっかくなので、お二人にはキャンプの準備をお願いできますか。智香さん、道具《ギア》はお持ちですよね」

「え？　はい、ある程度は……」

「実は、いいお肉があるんです。ご足労かけたお詫《わ》びというか、お礼に皆で食べましょう」

「肉？　どんな？」

嗣治は一転、興味を持ったようだ。

「それは見てのお楽しみで」

「わかりました。車から取ってきます。でも、火は……シングルバーナーしか持ってないのであまり大きなものは……」

「大丈夫です。焚火《たきび》は私がやります」

ガスバーナーは鍋の湯沸かしや小さなフライパンでの料理などに重宝する。実は歩子もいずれソロキャンプをしようと購入していた。大人数での料理には物足りないかもしれない。

智香が了承し、二手に分かれることが決まった。

7

ハイキングコースは遊歩道として整備されていた。一方通行の緩やかな階段が坂の上まで延々と続いている。

天幕を先頭に愛理、歩子の順で階段を上った。

歩子は頭に浮かんだ人物を天幕にぶつけるべきか迷った。

周囲に違和感を持たれず、相馬家を監視できる人物。

空き巣の侵入時、まだ帰宅していなかったと言っていたが、天幕が見つけた森のルートを通れば、盗んだ後でまたキャンプ場に戻って来ることもできる。

「天幕さん、大河内さんはどうでしょう」

思い切って言葉にした。

天幕は一瞬間を置き、「どうというのは？」と聞き返した。

「彼が空き巣である可能性です」

「ないと思います」

即答だった。

歩子は少し面食らった。

振り向いた愛理の目は驚愕《きょうがく》で見開かれていた。

「でも……向かいの住人なら相馬家の出入りを把握しやすいんじゃないでしょうか」

歩子は愛理の背後から天幕に持論を投げた。

「そうですね。外部からのチェックはしやすいでしょうね」

「外部からの、というのは？」

「泥棒は防犯カメラに映らないルートを正確に辿っています。死角を把握していたということです。カメラの配置を確認することは外からもできますが、カメラ一台一台がどこまで映しているか、その範囲は外からはわかりません。実際、裏庭のカメラの撮影範囲がもう少し広ければ、デッキまで収まっています。なのに、泥棒はそこが死角になっていることを知っていました」

歩子たちもカメラの死角はモニターで把握した。

だとしたら——。

「ちょっと待ってください。それじゃ相馬家を監視していたのは……」

「モニターでカメラの映像を見られる人間。つまり、内部にいるということです」

「それは……どういう意味でしょうか」

愛理の声が震えていた。

天幕は足を止め、振り返った。

「もうすぐ展望台ですね」

再び歩き始めると天幕の方から愛理に尋ねた。

「愛理さん、警察に話していないことはありませんか」

「……そんな。私、嘘なんかついてません！」

「嘘ではなく、話していないことです。例えば、愛理さん、智香さん、嗣治さんの三人はキャンプ場にいる間、ずっと一緒だったんでしょうか」

愛理が黙った。

「……それは……いえ、でも……キャンプ場からは出ていないはずです」

曖昧な言い方――。

「途中で別れたんですね。おそらく嗣治さんと」

「……はい」

動転したのか、愛理は階段の縁から足を滑らせた。

「あぶない！」

転びかけた愛理を歩子が慌てて支える。

「ごめん……」

愛理の目に自責の念が込もっていた。

「わざと黙っていたわけじゃないの……」

「わかってる。詳しく話して」

愛理が嘘などつくはずがない。絶対に。

「ああ、これはいい眺めですねえ」

階段の先で天幕が立ち止まった。

展望台は突如現れた。三十人ほど入れそうなスペースにベンチやトイレが綺麗に整備されている。

「上りで二十分」

天幕は時計を確認した。

「ここで大河内さんに会ったんですね」

「はい。大河内さんはもっと上まで行っていたようです」

愛理は広場の奥に顔を向けた。

展望台の広場には三本の道が繋《つな》がっている。一本は今上がってきた遊歩道。もう一本はさらに上へと続く山道。大河内はその先で山菜を採っていたようだ。三本目は遊歩道の続きで、テントサイトまで下っている。

「嗣治さんとは、どこで別れたんですか」

「大河内さんから山菜をもらった後、嗣治くんは先にテントまで戻りました。もらった山菜を茹でておくと言って」

「嗣治くんが料理を？」

歩子は意外に思った。

「彼、和食のお店でバイトしているから」

休んだことを散々惜しんでいたバイトとはそれか。

「山菜の下ごしらえには時間がかかるからって。私たちは展望台で少し過ごしてから、お喋りしながらゆっくり下ったんです」

「どうして言わなかったの？」

「警察にそこまで聞かれなかったから……かな。三人ともキャンプ場にいたことには変わりないし……」

警察は初めから窃盗団の犯行として捜査をしていた。愛理たちへの聴取は形式的なものだったのだろう。

「でも、森を通ると徒歩でも十分で行ける。展望台からテントサイトまで十五分で下りられたとしたら、四時十六分に相馬邸に侵入することも不可能じゃない」

「さっき天幕さんからその話を聞いたとき、もしかしてって私も思った……でも、やっぱり嗣治くんじゃないよ」

愛理の声は確信めいていた。

「どうして？」

「私と智香は三十分かかってテントに戻ったの。売店でお茶を買ったのはそのとき。それは警察も確認してる」

「ちょうど空き巣が入っている頃ね」

「うん。売店を出てテントに行くと、嗣治くんはいなかった」

「ほら、やっぱり……」

嗣治は相馬邸にいた？

愛理は首を横に振った。

「私も、あれ？　と思ったんだけど、すぐに智香がテントの中で姫竹を見つけたの。水を張ったお鍋につけてあった。余熱を取っていたのね」

「茹で終わった後だったってこと？」

「うん。私たち二人で皮をむいてたら、十分くらいして嗣治くんは戻ってきた。トイレに行ってたって」

「天幕さん、そうなると……」

天幕は鼻をかいた。

「姫竹は美味しく食べられましたか」

「……はい」

「きちんと茹でられていたということですね」

「はい」

「であれば、十五分。少なくとも十分は茹でたはずです。バーナーの火力や鍋に水を入れ替える手間も考えると、もう少しかかるでしょう。全部で二十分といったところかな」

余熱を取るため水につけたとなれば、茹で上がるまで嗣治はテントにいたことになる。展望台から下りる時間、森の移動、そこに料理の時間が加わると……四十五分から一時間。大河内が三人を確認してから相馬邸の窓が割られるまでの時間は三十分だ。

「間に合いませんね」

「そうなっちゃいますね……弱ったな」

天幕はみじめなほど落ち込んだ。ポーカーフェイスとは無縁のようだ。天幕は嗣治の犯行だと考えていたようだが、嗣治が姫竹を料理していたことで、アリバイが補強されてしまった。

「あらかじめ茹でられた姫竹を用意してあったとか？」

歩子は苦しいと自覚しながらも可能性を挙げた。

「姫竹はたまたま大河内さんにもらったものだから……前もって準備しておくことはできないと思うよ」

愛理が気遣いながら否定する。

「だよね」

歩子もすぐに引っ込めた。

「嗣治さんは料理が好きなんですか」

歩子は天幕の質問の意図をくみ取れなかった。愛理も同様のようだ。

「どうなんだろう……和食屋のバイトはお給料がいいからやってると言っていましたが……」

嗣治はバイトを休んだことで収入が減ると智香に憤っていた。お金に困っているのだろうか。

「なぜ、姫竹を茹でたんでしょう?」

「さあ、それは……」

愛理の顔が曇った。

何かを隠している……。

長年の友達。わずかな表情の変化を歩子は見逃さなかった。

「テントを張っていたときから軽く食べて帰ろうという話はしていましたが、山菜を見て、嗣治くんが何を考えたかはわかりません」

「他に話していないことはありますか」

「いえ……ありません」

愛理は俯いて答えた。

まだ隠していることがあるはずだ。

「そうですか。では、帰る前にお手洗いへ」

と、天幕はトイレに入っていった。

今のうちに愛理の隠し事を聞き出しておくべきか。

しかし、考えている間もなく、天幕はすぐに出てきた。

「いやあ、かなり綺麗なトイレですね。設備も管理も素晴らしい」

妙なところに感心している。

「では、下りましょうか。嗣治さんもこっちの道から帰りましたよね」

天幕は下り用の遊歩道を指さした。

「はい。ここは一方通行ですので」

「私は先に行きます」

そう言うと、天幕は急ぎ足で遊歩道を下りて行った。

「愛理、まだ話してないことがあるでしょ」

天幕に遅れて遊歩道を下りながら切り出した。

「……別に」

愛理は目を伏せる。

「愛理」

「……刑事さんは鋭いね」

「ちょっと！」

歩子は愛理の前に立ちはだかった。

愛理がびくっとして足を止める。

「私は刑事としてここに来てない！　友達だからここにいるの！」

「……そうだよね……ごめん」

「さっきから謝ってばかりだよ」

「……だね」

愛理が苦笑し、また二人で歩き出した。

しばしの沈黙を経て、愛理が口を開いた。

「こんなこと言っちゃいけないんだけど……智香には嗣治くんと別れてほしい」

「同感」

「……歩子もそう思う？」

「うん。今すぐ別れた方がいい」

「嗣治くんといたら智香は幸せになれない気がする」

愛理はまた黙った。

智香を心配するのは当然だ。今は空き巣の件が優先だが、それが無ければ歩子だって男の趣味の悪さについて説教したいところだ。

「実は……」

愛理が弱々しく口にした。

「嗣治くんが先に戻ったのは料理をしたかったからじゃないと思う」

「……」

歩子は目で先を促した。

「展望台で智香がトイレに行ったんだけど……そのとき嗣治くん、私に言ったの。智香から私に乗り換えたいって」

「はあ？」

思わず大声を出してしまい、前を歩いていた人が迷惑そうに振り返った。

「もちろん、断ったよ。嗣治くんも冗談だって笑ってた。でも……」

「まあ、気まずいよね」

「うん」

「で？　急に料理するって言いだして逃げてったってわけ？　戻ったら一発お見舞いしようかな、ホントに」

「やめてよ！　智香は知らないんだから」

「冗談だよ」

と、言いつつ許されるなら本当に殴りたい。

「私……きっと智香に嫉妬してる」

「嘘！　あんな男がいいの？」

「違う違う！」

愛理は首を何度も振った。

「やっぱり智香と私は違うんだよ。あの子は飽きっぽいけど、音楽一家で育ったエリートだもん」

「愛理だって小学校の頃からバイオリンやってるじゃない」

「密度が全然違うよ。私の家は裕福かもしれないけど、音楽とは縁遠い。あの子は才能があるし、生活が音楽に包まれてる。ずっと智香が羨ましかった」

愛理は話しながら泣きそうな顔になった。

「最低だよね。ママもパパもすごく応援してくれて、こんな歳になるまで援助してくれてるのに……私はずっと相馬家の子供に生まれたかった」

歩子は愛理の両親も知っている。間宮家の家族仲はとても良好だ。音楽の道で上手くいかない焦りが、愛理に本心でないことを口走らせている。

「音楽は素質なの。私にはそれが無いかもしれない……さんざん両親にお金を使わせて、結局何者にもなれず終わるかもしれない……だから、もう少しで成功しそうな智香の足を引っ張ろうと心のどこかで――」

「そんなわけないでしょ」

「……え？」

「そんなわけない」

力を込めて断言した。

愛理は本人も認めるとおり苦労知らずのお姫様だ。昔から彼女を羨ましいと感じたことは数え切れない。音楽の悩みだって傍から見れば贅沢すぎる。それでも――。

「愛理はどんなに辛くても他人を妬む人間じゃない。私が保証する」

「……」

「それに、あのバカ男と智香ちゃんを別れさせたいなんて、誰だって思うわ！」

「……変わってないね、歩子は」

「だから、もうアラサーだっての」

二人で笑い合う。中学の頃に戻ったようだ。

歩きながら歩子は内省していた。

夢を叶えられないことに悩む愛理。一方、自分は夢を叶えたはずなのに、迷っている。私の方こそ贅沢な悩みなのではないか……。

遊歩道の終点。

そろそろ日が暮れかけている。

階段の先で待っていた天幕が残念そうに出迎えた。

「ダメですね……急ぎ足でも十五分かかりました。あれ以上急いだら目立ってしまう」

「やっぱり窃盗団の線で考えるべきなんじゃ？」

「うーん」

返事が煮え切らない。

「売店も覗いてみましょう」

天幕は目の前の売店に向かって歩き出した。愛理と智香が空き巣の侵入時刻頃に買い物をした店だ。

店内にはペットボトルのお茶やカップラーメン、パン、お菓子などが売られていた。炊事場付きのイートインスペースも隣接している。カップルとおぼしき二人組がテーブルでカップラーメンを開けていた。

念のためレジにいた年配の女性店員に愛理の顔を確認してもらった。すでに警察から確認されていたこともあり、店員は愛理の顔をはっきり覚えていた。小柄な女性と一緒だったことも証言した。智香のことだろう。

「間違いないですよ。あなたとは、お話もしましたよね」

店員は親しげに愛理を見た。

「え？」

愛理の方は、記憶に無いといった反応だ。

「まあ、トイレの場所を教えただけですけど」

「ああ。それは覚えています」

疑問が解けて、愛理は安堵したようだ。

トイレはイートインスペースの奥にある。

愛理がトイレ休憩を提案し、売店に立ち寄った。その際、智香が三人分のお茶を買ったという。

空き巣の侵入時、愛理と智香はキャンプ場にいた。嗣治のアリバイもある。愛理の話では、二人がテントに到着したとき、すでに姫竹は茹でられ、水につけられていた。

愛理が嘘をつくとは考えにくい。

天幕はイートインスペースの椅子に腰かけ、嘆息した。

「天幕さん、すみません……もともと無理なお願いだったんです」

愛理が頭を下げた。

「いえいえ。こちらこそ……」

苦笑した天幕はふとカップルに視線を伸ばした。

ポットからカップラーメンにお湯を注いでいる。

天幕は鼻をかき、愛理に顔を向けた。

「茹でてあったのは姫竹だけでしたよね」

「はい……そうです」

「蕗はどうしたんですか」

「持ち帰りました」

「そぉですかぁ……」

この期に及んで、そんな質問に意味があるのか。

歩子は突っ込もうとしたが、天幕の表情を見て、やめた。もう打つ手なしと悟ったのか、しょんぼりして背中が丸まっている。

売店を出て、智香たちのもとに戻る間も天幕の足取りは重かった。

テントを張り終わった智香と嗣治は、折り畳みのアウトドアチェアに座って待っていた。背後に小さなテントが張られていて、椅子の脇には智香の物と思われるリュックが置かれている。

歩子が新たな発見は無かったことを伝えると、嗣治は「当たり前だ」と吐き捨てた。

智香も言葉には出さないが、やっぱり、という顔をしている。

「では、お肉を取ってきますので、もうしばらくお待ちください」

天幕は森に向かって歩き出した。相馬邸に停めたバンまで歩いて行くつもりらしい。

「車で送ってもらった方がいいんじゃないですか」

歩子が声を掛けると、天幕は眉を八の字にして振り返った。

「ちょっと歩きたいので」

「私も一緒に行きます！」

追いかけようとした歩子を、天幕が手で制止した。

「そうだ。レトルトですが、ポトフとミネストローネ、あとはカレースープがあります。どれがお好きですか？」

突然聞かれた歩子は、愛理たちと顔を見合わせた。

「ミネストローネ」

答えたのは、嗣治だった。

8

三十分もかからず、天幕は戻ってきた。手にはいくつものバッグや袋を持ち、肩からはクーラーボックスを下げている。駐車場側から現れたので、バンで乗り付けたようだ。

「お待たせしました」

天幕は袋からアウトドアチェアを二脚取り出すと、テントの前で開いた。智香のと合わせ、これで全員分の椅子ができた。続けて焚火台を組み立て、薪をセットし、火をおこした。歩子がやれば一時間かかってしまいそうな作業をあっという間に終わらせた。それから焚火の上にトライポッドを設置した。フックが付いている金属の三脚だ。

「さあ、ご対面」

天幕はクーラーボックスから肉の塊を取り出した。平たい大きな肉から何本も骨が飛び出している。まるでラムチョップが連なっているようだ。

「でけっ」

嗣治が椅子から立ち上がった。

「ラムラックといいます。ラムチョップはこれを骨一本ごとに切り分けたものです。昨日、手に入ったんですが、なるべく早く食べたくて」

天幕はラムラックの骨同士を紐《ひも》で結び始めた。

「初めから、それを食べる気だったんですね」

歩子が言うと「だから、ここに来たがったのかよ」と嗣治が便乗した。

「まあ、それもあります」

天幕はいつもの朗らかな笑顔を見せた。

そして、肉に結ばれた紐をトライポッドのフックに吊るす。

焚火で豪快に焼かれたラム肉から特有の香りが漂い始めた。

「すごい……」

智香が肉を凝視してつぶやく。

「こんなの、初めてです」

「いつもはどんな料理を？」

天幕は火の当たり方を調整するように肉を動かしている。

「料理ってレベルじゃないです。お湯を沸かして何か温めるか、スキレットでベーコンエッグをするくらい」

「充分じゃないですか」

天幕に認められ、智香は顔をほころばせた。

それから天幕は肉の番に徹し、静寂が訪れた。

焚火は不思議だ。この火があるだけで沈黙が気にならなくなる。それどころかパチパチと爆《は》ぜる薪の音をずっと聞いていたい。

「なんだか気持ちが休まるね……すごく久しぶり」

愛理がぼうっと火を見つめて言った。

智香も同調し、うなずく。

歩子はその返事を保留した。本来なら焚火でリラックスし、肉の焼ける匂いに、ただただ空腹を誘われていただろう。しかし、今は落ち着かない。

なぜ、天幕は事件について触れない？

窃盗団の手がかりは完全に潰《つい》え、せめて愛理に一時の癒やしを与えたいと考えを変えたのか。

日が沈み、キャンプ場はほぼ闇に包まれた。明るいのは焚火の周りだけ。世界が小さく、シンプルになる。

「そろそろかな」

焼き始めて一時間。天幕は肉をフックから外した。

ナイフでラムチョップに切り分け、愛理たちに差し出す。

「すいません、他に気の利いたものは用意してないんですけど」

「ソースもねえのかよ」

嗣治が憎まれ口を叩く。

「このままお食べください。昨日の夜、塩コショウとハーブを擦り込んであります」

「俺、ソースたっぷり派なんだけど……」

ブツブツ文句を言いながら、嗣治は骨の部分を掴み、肉にかじりついた。

「美味しい……」

嗣治より先に隣の智香が感嘆の声を上げた。嗣治も目が点になっている。かぶりつきなど慣れていないであろう愛理も頑張って肉をかじる。歩子も続いた。

「……」

ラムチョップ、ラムステーキ、ジンギスカン――ラム肉は散々食べてきているが、体感したことのない味だ。味付けは決して濃くはない。ラムの味もしっかりする。しかし、微かなアクセントが味の奥行きと風味を増しているのだ。

「普通のラムチョップと違うな」

夢中で一本たいらげた嗣治がやっと感想を口にした。すぐに二本目を手に取る。

愛理はじっと肉を観察している。

「焚火だからかな。炭火で焼くと美味しくなるのと一緒で……」

言いかけて愛理は顔を赤くした。

「すみません、違いますよね……」

「いえ。その通りですよぉ」

ラムチョップを頬張っていた天幕が、ご機嫌に言った。

「炭火焼きが美味しくなるのは熱の伝わり方によるものとされています。焚火の場合は、もっと直接的な要素もあるんです」

微かに感じたアクセントがそれなのだろうか。

「焚火で焼くと、薪の香りがつきます。香りの成分が付着することで風味をもたらすんです」

「言われてみれば……」

智香が味を確認するようにもう一口食べる。

「薪の種類によっても香り成分は異なります。この薪はサクラです。個人的には肉に合うと思っています。魚にはナラが合う。だから料理の素材によって薪を変えています」

「こだわりすぎだろ。引くわ」

生意気言いながらも嗣治の食べる手は止まらない。

「それで、天幕さん」

歩子は骨だけになったラムチョップを天幕が用意していたゴミ袋に入れた。

「窃盗事件のことですが……」

歩子が切り出すと、天幕は困った顔をした。

そして、脇に置いてあったバッグに手を入れ、ごそごそと中で動かし始めた。水の入ったペットボトルがちらっと見えた。

「何してるんですか」

「いや……ほら……ミネストローネが……いいって」

天幕はごそごそ続けながら、ぼそぼそ答えた。

「それは後でいいんじゃないですか」

嗣治がリクエストしていたとはいえ、どうしてこのタイミングで？　事件の話をしたくないから誤魔化そうとしているのなら下手すぎる。

「キャンプガイドが捕まえられるわけねえって」

美食の恩も忘れて嗣治が笑った。

歩子が横目で睨むと、嗣治は目をそらし、肉にかぶりついた。

ミネストローネが見つからなかったのか、天幕はバッグから手を離した。

歩子は改めて尋ねた。

「何か考えていることがあるんじゃないですか」

愛理が「え」と小さく驚いた。もう天幕に解決は無理だと見切りをつけていたのだろう。

しかし、歩子はそう思えなかった。もし、本当にお手上げなら、天幕は正直にそう言うはずだ。うやむやにしようとする人ではない。

黙っている天幕に愛理が言った。

「どんなことでも構いません。教えてください」

天幕は数秒ほど迷った末、愛理を見つめた。

「愛理さんには辛い話かもしれません」

「私は……今の状態が一番辛いんです」

「そうですか……じゃ――」

天幕は屈んだまま鼻の頭をかいた。

「空き巣に入ったのは嗣治さんです」

一瞬の間を置いて、嗣治がラムチョップを地面に叩きつけた。

「まだ言ってんのかよ！」

「でも、嗣治は……」

不安そうな智香の視線を愛理が受け止める。

「先ほど言ったとおり、嗣治くんが時間内に叔母夫婦の家まで行くのは不可能でした」

姫竹の茹で時間。天幕だって忘れていないだろう。

「これを……」

天幕は困り顔のまま、再びバッグに手を入れた。そして、またガサゴソ動かし、銀色の袋を取り出した。

ミネストローネ。

レトルトのパックだった。

天幕はステンレス製のスープ皿を出し、そこにパックの中身を移した。湯気が立ち昇る。

一同、言葉が出なかった。

歩子はスープ皿の上に手をかざした。

「……温かい」

ミネストローネは熱々だ。

肉を焼き始めて一時間と少し。その間、天幕は焚火にレトルトパックを近づけていないし、お湯を沸かしてもいない。いや、お湯に浸したところで、ここまで熱々にはならないだろう。沸騰する湯にでも入れておかなければ。

どんな仕掛けをしたのか。歩子は説明を待った。

しかし、不可解なミネストローネを見せておきながら、天幕が語ったのは事件についてだった。

「森を通れば、嗣治さんが時間内で相馬さん邸に到着することは可能です」

「でも、姫竹はきちんと茹でられ、水にもつけられていたんですよ。間違いないよね？」

歩子は愛理に目をやった。

愛理は「うん」とうなずく。

「智香ちゃんも確認してるんでしょ？」

「はい……愛理ちゃんと一緒に皮むきもしました」

智香はたどたどしくもはっきりと答えた。

「姫竹の件が嘘とは思えませんが……」

歩子は天幕を見据えた。

「嘘とは私も考えていません。姫竹が茹でられ、水で余熱を取るところまで処理されていたのは事実でしょう」

「それでは、嗣治くんは茹で終わるのを待っていたことになります。やはり――」

「茹で終わるまで一か所に留まっている必要はありません」

「……？」

天幕はまたまたバッグに手を入れた。

「おっとっと」

慎重に持ち上げたのは、Ａ４サイズほどの透明な容器だった。

「熱っ、熱っ」

天幕は皆に見えるようクーラーボックスの上に容器を置いた。容器は縦長の袋状で、中の熱湯が湯気を立てている。底には薄いカイロのようなパックが沈んでいた。

「ヒートパックです。水に触れると百度の熱を発し続けます。モノによってはそれ以上。耐熱袋の中にヒートパックを入れ、水を注ぐと沸騰する。そこに温めたいものを入れておけば、火を使わずに料理ができるんです」

「その鞄《かばん》の中でレトルトを温めていたということですか」

歩子は地面に置かれた天幕のバッグを見た。

「はい。姫竹も同じ要領で茹でられたんじゃないでしょうか」

「姫竹も？」

歩子はそれとなく嗣治に視線を向けた。

薄暗くても、その顔が真っ青だとわかる。

「姫竹と水を入れたポリ袋の口を縛り、沸騰する湯の中に入れておく。全て耐熱袋の中で完結します。場所は問わない。それどころか――」

「……持ち運ぶこともできる」

「推奨はしませんけどね」

天幕は苦笑した。

姫竹は移動しながら茹でられた――。

そうなると、茹で時間のアリバイは成立しなくなる。

「ご希望であれば、実際に姫竹でも試してみましょうか。大河内さんに分けてもらって」

散々怒鳴り返していた嗣治は黙ったままだ。

「嗣治くん……」

愛理が悲しい目をした。

しかし……。

歩子は引っ掛かった。なぜ、天幕は話すのを躊躇《ちゅうちょ》していたのか。嗣治が犯人だということは展望台でも匂わせていた。

「嗣治くん、どう？　相馬さんの家に向かいながら姫竹を茹でたの？」

「いえ」

否定したのは天幕だった。

「愛理さんと智香さんがテントに戻ったとき、嗣治さんはいませんでした。おそらく相馬さんの家からキャンプ場に戻ってくる途中だったんでしょう。嗣治さんが姫竹を持っていたとしたら、茹でることはできても水につけておくことはできません」

天幕は嗣治に視線を移す。

「そもそも嗣治さんはかなり急いで移動したはずです。振動もかなりある。どんなに中身がこぼれないようセッティングしたとしても熱湯を背負って走るのは危険すぎます」

「それじゃ……嘘……」

愛理の泣き声が、真実を悟ったと示していた。

「はい……姫竹を茹で、水にひたしたのは、智香さんです」

薪の爆ぜる音しか聞こえなくなった。

焚火に照らされた智香が無表情で肉をかじっていた。

9

「愛理さんたちがハイキングの後に姫竹を食べたと聞いたとき、疑問だったんです」

天幕は説明を続けた。

「なぜ、姫竹だけなんだろうって。私なら蕗も食べたい」

そんな理由で疑念を抱いたのか。

歩子は感嘆と呆れが入りまじった息を吐いた。

「和食屋で山菜を扱っている嗣治さんなら蕗の下茹でもできますよね。売店の炊事場を使えば、板ずりだって簡単にできたはずです。なのに茹でられたのは姫竹だけだった。それは姫竹を茹でたのが嗣治さんではなく、智香さんだったから。姫竹ならアク抜きの必要がありません。でも、さすがに蕗は手間がかかりすぎる。姫竹にしても茹でる前に切り込みを入れる程度の手間すら取られていない」

相馬邸で天幕が姫竹の皮に切り込みを入れる様を見て、愛理は新鮮な驚きを示していた。テントにあった姫竹は土を洗い落としただけで、そのまま茹でられていた。ナイフを使う余裕が無かったのだろう。

それから天幕は二人の計画を一つ一つ確認していった。

嗣治は幾度か反論しようと口を開きかけたが、そのたびに悔しそうな顔をして俯いた。

ハイキングコースで愛理たちと別れた嗣治はテントに立ち寄らず、森を抜けて相馬邸に向かい、あらかじめ把握していた死角を突いて侵入した。

「家の中を荒らしたのは窃盗団の犯行に見せかけるためですね」

警備が駆けつける前に撤退する必要がある上、一人で持てる量が決まっているため初めから盗む物は金細工と宝石のみと決めてあった。

一方、智香は嗣治のアリバイを作る役割だった。

嗣治がキャンプ場で下茹でをしていたと思わせるため、ヒートパックでの移動料理を画策した。ヒートパック、耐熱袋、ペットボトルの水などをリュックに入れて、愛理とハイキングに出た。当初はレトルト料理などを温める予定だったのだろうが、大河内から入手した姫竹を使うことで、より偶発性を演出した。

「水にひたす工程が増えることで、温めるだけのレトルトを使うよりアリバイが強化されます。火力不足は茹で時間の長さで補った。三十分も茹でれば充分です。咄嗟の判断だったでしょうに、とても賢い」

天幕は、テストで百点を取った子供を褒めるように言った。

「……でも、そんな細工をする時間は無かったと思います。私、ずっと一緒でしたから」

愛理はまだ受け入れられないようだ。

「愛理さんの意識が智香さんから完全に逸れたタイミングがあったんじゃないですか。おそらく展望台あたりで」

歩子は愛理との会話を思い出し、咄嗟に振り向いた。目が合った愛理は数秒ずれて驚愕の色を浮かべた。

「智香……展望台のトイレに……」

さらに愛理は、はっとする。

「嗣治くん、あのとき……」

智香がトイレに向かった際、嗣治が愛理を口説いている。ろくでもない遊び人と唾棄していたが、愛理の気を引くためだったのか。その隙に、智香がトイレでヒートパックを用いた細工を施した。

「セッティングは五分で足ります。耐熱袋ごと保温バックに入れれば、蒸気も目立ちません」

愛理が口説かれたことを知らない天幕は淡々と続ける。

「それからキャンプサイトに戻り、愛理さんと智香さんは再び離れた」

「……売店ですね」

愛理がすぐに気づいた。

天幕はうなずく。

「愛理さんがお手洗いに行っている間、姫竹を入れたポリ袋のお湯を捨て、水に入れ替える。あとはテントの中で鍋に水ごと姫竹を移せば、水にひたした状態を作れます。もし、愛理さんがトイレ休憩を言い出していなかったら智香さんがトイレに行き、そこで同じことをするつもりだったんでしょう」

智香を見る愛理の瞳は絶望に染まっていた。

一緒にハイキングをしていた従妹。そのリュックの中で、ずっと姫竹が茹でられていたのだ。

愛理の気持ちを推し量り、歩子は居たたまれなくなった。

「智香ちゃん、嗣治くんに手伝うよう言われたの？」

智香はうなだれたままだ。どんな理由があっても、実の親から盗みを働き、傷つけた。さらには姉同然の愛理にまで心労を与えている。

「証拠はあるのかよ！」

ここにきて、嗣治が怒鳴った。

たしかに天幕はアリバイを崩しただけで直接的な証拠を示していない。姫竹の残骸がついたヒートパックでも残っていれば別だが、おそらく処分済みのはずだ。

「無いでしょうね」

天幕はあっさりと白状した。

「証拠も無いのに警察に突き出すってか？」

嗣治は歩子が刑事であることを知らない。

「突き出すなんて、そんな……。盗品の手がかりを探しに来ただけですから。もう解決です」

「解決ぅ？　どこがだよ！」

「窃盗団は盗むのが上手いだけじゃないんです……よね？」

天幕は歩子に説明を譲った。

「ええ。高額の品は盗むよりも売り払う方が難しいです。足がつくので」

「だから、まだ持ってますよね。もしくは、まだあそこに埋めたままかな」

天幕は森を見た。

嗣治が目を見開いて立ち上がった。

「勝手に決めつけんじゃねえよ！」

「黙って！」

一喝。発したのは智香だった。

「でもよ……」

嗣治は智香を見下ろした。

「馬鹿なんだから余計なこと言わないで」

智香は焚火を見つめたまま言った。

嗣治は舌打ちをして椅子に座り直した。

「足なんてつきませんよ。売らないから」

智香は悪びれもせず犯行を認めた。表情は無く、気持ちが読み取れない。

嗣治がのけぞり、また吠えた。

「売らない⁉ じゃあ、何のために——」

しかし、智香に一睨みされ、言葉を詰まらせた。

二人の関係が逆転している。相馬邸では嗣治の傍若無人さに智香が振り回されていたのに……。

違う。智香は初めから嗣治をコントロールしていたのだ。

歩子は、涙ぐむ智香を慌ててなだめる嗣治の姿を思い出した。

表面上は嗣治に従っているように見せて、ずっと手綱を握っていたのは智香だった。

「智香が全部計画したの……？」

愛理が涙声で聞いた。

智香は黙っている。

「どうして……」

「愛理ちゃんにはわからないよ」

智香の目は冷めていた。

「皆から愛されている人にはわからない」

「智香だって……」

「いい加減なこと言わないで！」

愛理が固まる。

大声を出したことを悔いるように、智香は顔から感情を消した。

「……愛理ちゃんはいつも、うちが音楽一家で羨ましいって言うけど……クラシック以外を認めてもらえない気持ちなんて想像できないでしょ」

愛理は反応できずにいる。

「どんなにバンドで頑張っても、お兄ちゃんたちと比べられて、劣等生扱い。それだけじゃない……実の娘より、姪《めい》を可愛がってるんだよ、あの人たちは」

智香の無表情が隠していたのは、恨みと妬みだった。

愛理はがっくりと肩を落とした。

音楽人生の崖っぷちを迎え、切羽詰まった愛理は演奏家の先輩でもある叔母夫婦を頼った。叔母夫婦も健気な姪を応援した。理想的な親戚付き合いだろう。しかし、それが智香の心に影を落としていたのだ。

「私のせい……」

「気にしないで。どっちみち前から両親のこと嫌いだったたし、家族も嫌いだった。でも、お金は無いからさ。縁を切るわけにはいかないし」

まだ稼ぎが無いから親のすねをかじる。

智香は開き直った口ぶりで言う。

が、本当にそれだけだろうか。

歩子は、それが親の愛情を求める代替行為のように感じられた。愛理からも嗣治からも常に愛されていたい。そんな気持ちが、これまでの智香の行動には表れている。親の愛情も人一倍欲しているのではないか。

「でも、パパもママもバンドを続けるなら、もうお金を渡さないって……働けって」

「いつ言われたの？」

愛理はまだ従妹に寄り添おうとしている。

「あの日だよ。けっこう怒鳴り合いになったけど、愛理ちゃんは防音室に入っていたから聞こえなかったでしょ」

「それで盗みを？」

　歩子が尋ねた。

「はい。喧嘩の後、親が外出すると知って。防犯カメラの死角や森の近道は前から知っていました。だから嗣治にやろうって。こいつもお金に困ってるし」

「……」

　嗣治は舌打ちもせず、目を泳がせた。

「愛理を証人にすることも初めから計画してたの？」

「はい。愛理ちゃんがいないと成立しないので……」

　展望台で大河内と出会っていなくても愛理に時刻さえ確認させれば、嗣治のアリバイは同様に作れる。智香は姉同然の従姉をも犯行に利用したのだ。智香が気にしていたのは警察ではなく、両親だ。愛理さえ智香と嗣治が無実だと断言すれば、相馬夫妻は最終的に愛理を信じるだろうと見越していた。

「馬鹿！」

　愛理の怒鳴り声を聞いたのは中学以来だった。

「そんなことしてはいけません！」

子供を叱るような愛理の物言いに智香はきょとんとする。

しかし、愛理は真剣だ。怒った目からみるみる涙が溢れ出す。

「ごめん……私、智香の気持ちに全然気づいてなかった。ホントごめん……でも、智香はこんなことしてちゃダメなの！　あなたは才能があるし、きっと音楽の世界で成功できる。私は智香が羨ましい。私に無いものをいっぱい持ってるから……なのに……」

「いらないよ」

智香は一蹴した。

「才能も成功もいらない。私が欲しいのは――」

――愛。

智香は最後まで言わなかったが、その場の全員が察しただろう。

何者にもならなくていい。ただ愛してほしい。

口を真一文字に結び、愛理をじっと見つめる真っ赤な目がそう語っていた。

「智香さんの言ってること、私は理解できますよ」

天幕が焚火を引っかきながら言った。

「お会いしたとき、なぜキャンプガイドになったのかと聞きましたね」

「……」

覚えていないらしく、智香は曖昧にうなずいた。

「私も他人との接し方がわからないんです。泣かせたり、怒らせたりしちゃうし、それが怖いからついつい黙ってしまう。でも、キャンプで料理を作っていれば、喜んでもらえるんですよね。だから、この仕事を続けているのかもしれません」

「そうなんですか……」

智香の肩の力が抜けた。

そして、思い出したように「警察には？」と尋ねた。

「この先はご家族で決めることです」

そう言って、天幕はミネストローネの入った皿にスプーンを添え、智香に差し出した。

「少し冷めちゃってるけど、よかったら」

「ありがとう……ございます」

智香は皿を受け取ると、スプーンで一口食べた。

「まだ温かい……」

どうしてだろう。キャンプで食べるとレトルトも贅沢に感じるのは……。

その温もりは張りつめた心を決壊させるに充分だった。

智香は静かに嗚咽《おえつ》した。

「ごめんね……愛理ちゃんは私を大切にしてくれたのに……」

愛理は智香の背後に回り、頭をくしゃくしゃになでた。

二人の様子を横で見ていた嗣治は思い出したように天幕を睨み、口を尖らせた。

「ほ……本当に警察に言わねえんだろうな！　だいたい俺はだまされ――」

「やかましい！」

嗣治が絶句する。

驚いたのは歩子自身もだ。咄嗟に叱りつけてしまった。

嗣治は強気を装って言い返す。

「……なんだと！　お前に――」

「黙りなさいって言ってんの！」

「な……な……」

「今、あんたに構ってる暇は無いの！　ガタガタ言ってると警察にしょっぴくよ！」

現場でも使ったことのない捨て台詞《ぜりふ》。それでも小心者には効果があった。

すっかり大人しくなった嗣治の脇で天幕も口をぽかんと開けていた。

10

　ニセコから帰って数日。署の屋上から見渡す景色に秋の色が差し始めている。ここから一面紅葉になるまではあっという間だ。

「また一人ぼっちでいるんですか」

　ちょうどポケットにしまったところで都築がやってきた。

「一人になりたいから、ここにいるの」

　歩子は馴れ馴れしい後輩を横目で見た。

「で？」

「係長が探してましたよ」

「そう。ありがと」

　ポケットの中で握っていたスマホを離す。

　屋上には、愛理と電話するために来ていた。

　智香は両親に罪を告白し、盗んだ品も返した。天幕の読みどおり、盗品は相馬邸とキャンプ場を隔てる森、嗣治が盗みに使ったルートの途中に埋められていた。

　相馬夫妻は被害届を取り下げ、身内で処理することにしたという。

叔母夫婦との関係を修復できたことを愛理は喜んでいた。そして、電話の向こうで言い切った。

「三十歳までに結果が出なかったら辞める」

それは諦めではなく、覚悟だった。

「あと少し、じたばたしてみるね」

愛理の声は明るく、力強かった。

歩子は「頑張ってね」としか返せなかったが、今の愛理に多くの言葉は要らないだろう。

天幕さんに会ってお礼を言いたい。

最後にそう言って愛理は電話を切った。

愛理が一区切りついたら一緒に天幕のツアーに参加しよう。

「さては……いいことありましたね」

都築がニヤニヤして、こちらを見ている。

「私には別にないよ」

歩子は踵を返した。

同時に、頭を仕事モードに切り替える。

数か月前と職場の環境は変わっていない。人間関係も相変わらず面倒なしがらみだらけだ。それでもストレスが溜まる一方の生活ではなくなっている。

「よし」

歩子は小声で気合を入れて、刑事課に戻った。

天幕が逮捕されたのは、その半月後だった。

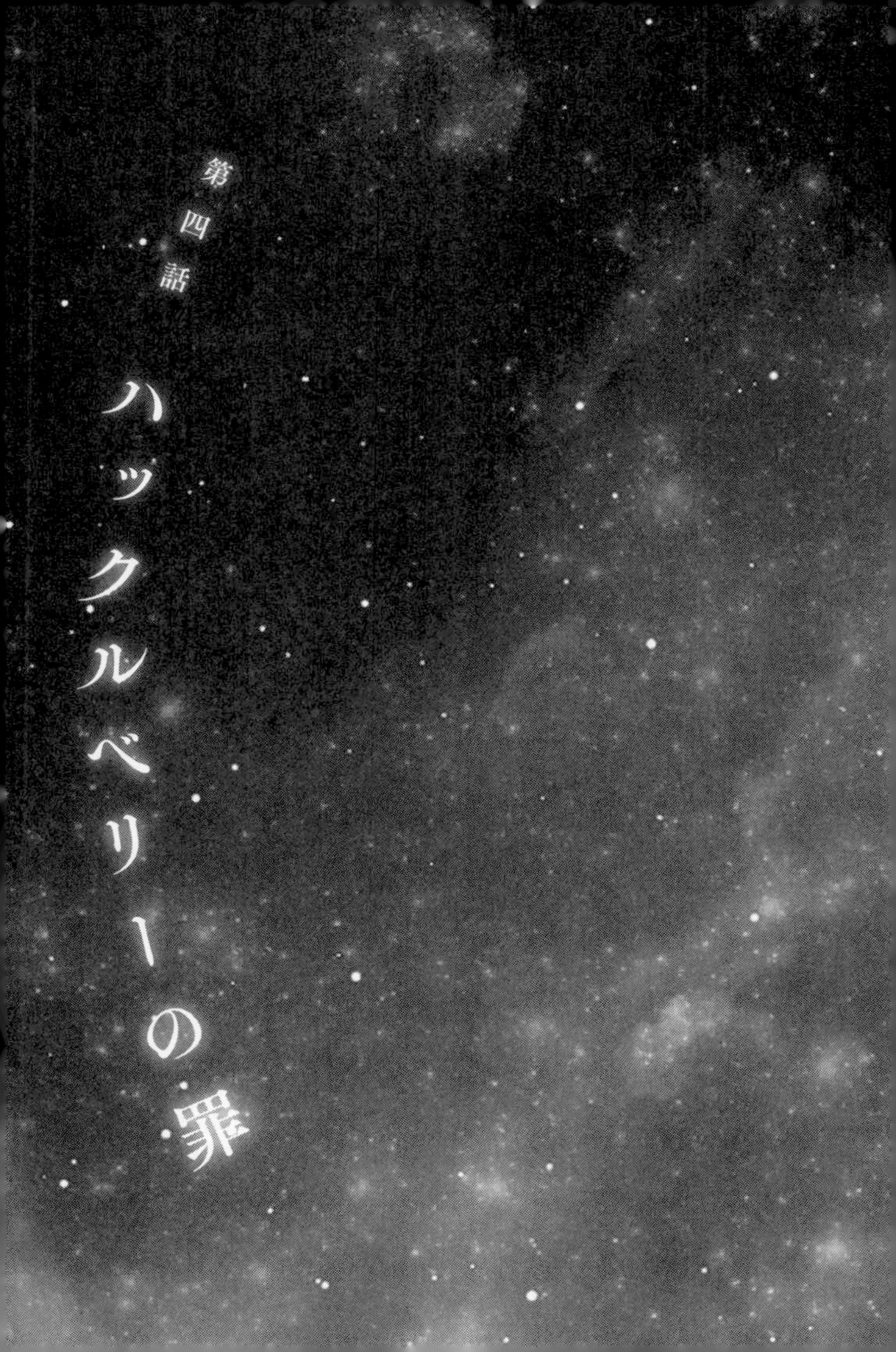

第四話 ハックルベリーの罪

1

搜索打ち切りまで三十分を切った。

断崖絶壁にへばりつくような登山道。幅は狭く、昼間でも足を踏み外す者がいるほどだ。それが夜の闇に包まれている。視認できるのは、ライトの光が当たるごく限られた範囲のみ。山岳救助隊であっても一歩踏み出すのに慎重さを要する。

夕方から始まった捜索は日付を越える前に一旦打ち切られることになっていた。山岳救助は時間との戦いでもある。遭難者が無事であっても山で一晩過ごせば、衰弱を免れない。低体温症に陥る危険もある。

ここは頂上まで一時間半ほどの低山だ。しかし、だからこそ救助隊員たちは最悪の事態を想定していた。低山は時間と体力の面で手軽に登れるが、安全というわけではない。実際、この山では、滑落死亡事故が多発している。すでに七名の隊員が手分けして各登山口から山頂まで虱潰《しらみ》しに捜索しているが、発見に至っていない。闇夜の捜索は困難であるものの、遭難者が助けを呼べば、気づいているはずだ。声を発していないということは、意識を失っているか、あるいは死亡していると考えられる。

——着信音。

聞き逃してもおかしくないほどの小さな音を、山頂から下山しながら捜索していた隊員二人が気づいた。

捜索の助けになるよう遭難者のスマホに関係者が定期的に電話を掛けていた。呼び出し音は鳴るが、応答が無いことから遭難者の状況が不安視されていた。その音をついに捕まえた。だが——。

隊員たちは動けなかった。着信音がどこから聞こえているのか、わからない。二人で、じっと耳を澄まし、やがて確信に至った。

着信音は、すぐ脇の崖下から響いている。

隊員の一人が慎重に身を乗り出し、崖下をライトで照らした。辛うじて明かりが届くところに、倒れている人間がぼんやりと見えた。

くそっ。

隊員が歯ぎしりする。

崖下の人間はぴくりとも動いていなかった。

2

午前十一時、満天キャンプはまだオープンしていなかった。

歩子がドアをノックしても反応が無い。店内も暗いままだ。

「十時開店ですよね」

都築が時計を見た。

「アバウトだから」

歩子が再びノックしようとすると、背後で「あれ？」と妙に甲高い声がした。

「歩子ちゃん、なしたの？」

片手にレジ袋を持った小浮気が立っていた。

「どうも。今日は仕事で来ました」

「仕事？」

小浮気は都築を一瞥してから、歩子の全身をまじまじと眺めた。

そういえば、ここにスーツで来るのは初めてだ。

「え！　歩子ちゃんって刑事だったのぉ？」

バーカウンターの奥に回った小浮気が目を丸くした。

「知らなかったんですか……？」

「いや、警察ってのは聞いてたけど、てっきり交通課とかかなって……天幕は知ってんの？」

「初対面が仕事の現場でしたから」

「そうなのぉ？　あいつ、そういう事なんにも言わねえかんなあ」

ぷりぷり怒りながら小浮気は壁のスイッチを押した。

照明が点き、店内が明るくなる。温かみのある暖色の内装は歩子のお気に入りだ。

「天幕さんは？」

「あいつ今日はいないよ」

「どこに行ってるんですか」

「いやあ、わかんない。昨日の夕方に出て行ったけど、どっかのキャンプ場か山か……」

「連絡はつきませんか」

「あいつ、スマホ持ち歩かねえから」

そうだった。

天幕の行き先を調べるのは大変そうだ。

「……じゃあ、小浮気さんに伺ってもいいですか」

「喜んで」

「沢嶺宗平《さわみねそうへい》さんをご存じですか」

「沢嶺さん？　はいはい、常連さんですよ」

「昨日、天幕さんと一緒でしたよね」

「うん。歩子ちゃんがいつも参加してるやつ」

「ランチキャンプ？」

のんびりデイキャンプをしながら天幕のランチを食べる満天キャンプの人気プランだ。

「そうそう。で、沢嶺さんがどうかしたの？」

「昨日、登山中に崖から転落し、意識不明です」

小浮気は口をあんぐり開けたまま青ざめた。

「昨日、お二人が一緒だった時間はわかりますか」

「え……ええ」

小浮気はカウンターを出て、受付のパソコンを立ち上げた。

「午前十時にキャンプ場で落ち合って、ランチ。午後一時に解散」

「午後一時には別れた？　間違いないですか」

「うん。昨日は二時半から別の予約が入っていたから」

「いつもデイキャンプを？」

「いや、登山の方が多いんじゃないかな。昨日はだいぶ前から別の予約が入っていたからランチだけにしたみたいだけど、たいていは丸一日コース。この辺りの低山をあちこち登ってるらしいよ」

低山とは標高千メートル未満の山を指す。日帰りでも登山を楽しめることから初心者から上級者まで幅広く訪れる。

都築が壁に並べられた帽子を見つけ、近寄った。

「これは？」

「ウチのオリジナルグッズですけど。ね？」

小浮気に同意を求められた歩子は曖昧にうなずいた。

仕事で顔馴染みに接するのは、どうもやりにくい。

歩子は仕事口調で尋ねた。

「この帽子、沢嶺さんも購入されましたか」

「え？」

小浮気は怪訝な顔をした。

「沢嶺さんが？　帽子を？」

「はい。売り物ですよね、あれ」

「歩子ちゃん……いや、刑事さん」

小浮気は眉間に皺を寄せた。

「あの帽子はね。これまで一つも売れてねえんだよぉ！」

「……失礼しました」

「そちらの刑事さん、どうです？　似合うと思いますけど」

「いえ……仕事中ですので」

都築は言いながら、なんですか、この人？という目を歩子に向けた。

雑なセールスが自分へ向けられる前に歩子は話を進めた。

「天幕さんには、あの帽子をいつもかぶらせていますよね」

「ブランディングですよ。お洒落《しやれ》だし丁度いいでしょ」

「昨日も天幕さんはかぶっていましたか」

「もちろん。ブランディングは徹底しないと」

「ここに戻ってきた時間は？」

「六時頃だったかなあ。それからテントを持って出かけて行ったよ」

「戻ってきたとき、帽子はかぶっていましたか」

「さあ、あいつ車に置きっぱなしにするからね」

歩子と都築は顔を見合わせた。

「帽子がどうかしたの？」

小浮気がいぶかしがる。

「いえ、ちょっとした確認です……」

歩子は誤魔化して次の質問を投げた。

「昨日、天幕さんに変わった様子はありませんでしたか」

「……あいつ、いつも変だからなあ。歩子ちゃんも知ってるでしょお？」

「どうでしょう……」

馴染みとはいえ、客にそんなことを言っていいのだろうか。

「……まあ、朝は不機嫌だったけど」

と、小浮気は腕組みをした。

「不機嫌？　理由はわかりますか」

「んー……」

小浮気は口をへの字にして、答えを渋っている。

歩子は、小浮気を見つめた。

「に、睨まないでよ……単に、あいつのケツの穴が小さいって話だよ……あ、ごめん。下品だった？」

「……具体的にお願いします」

「だから、その……俺が薪の発注をミスったの。いつもは広葉樹の薪を何種類か買ってるんだけど、昨日は針葉樹のしか届いてなくて。したっけ、あいつ、『今日はこれで仕方ないけど、すぐに発注し直せ』ってさ。歩子ちゃん、どう思う？　そんなに怒ることかね？」

「……天幕さんは、薪にもこだわっていますからね」

天幕は料理に合わせて薪を選んでいる。小浮気の適当さに腹を立てるのはわかる気がする。

「歩子ちゃん……」

今度は小浮気が歩子を見つめた。

「なんで天幕のこと色々聞くの？　沢嶺さんの事故と関係あるってこと？」

歩子は事情を説明すべきか迷った。

「あれ？」

奥のドアが開き、天幕が入ってきた。歩子たちを見て、驚いている。

小浮気が駆け寄った。

「天幕！　沢嶺さんが……」

「知ってる。ラジオで聞いた」

天幕は深刻そうな表情をした。

沢嶺宗平が意識不明で発見されたニュースは今朝から報道されている。

「だから急いで帰ったんだけど……どうして霧谷さんが……？」

歩子は天幕に歩み寄った。

初めて会ったとき、天幕には子供の捜索に協力してもらった。

プライベートでは、釣りやキャンプ、そしてアウトドア料理を教えてもらった。

友人を助けるためニセコにも同行してもらった。

その天幕にまさかこんなことを――。

「天幕さん、署までご同行いただけますか」

3

伏見署に到着した天幕は不安そうな顔こそすれ、従順だった。指紋採取にもすぐ承諾した。

「あいつと知り合いらしいな」

天幕が指紋を採られている間、歩子は係長の加我に呼ばれた。

「何度か満天キャンプのツアーに参加したことがあります」

「親しいのか」

「捜査には影響しません」

加我がじろりと睨んだ。

「親しいのかって聞いてんだ」

「……親しいの定義が曖昧で答えられません。係長と『村香美《むらかみ》』の女将《おかみ》さんほどではないと思いますが」

村香美は強行犯係行きつけの小料理屋だ。

「……まあいい」

加我はデスクの書類を手に取って、読み始めた。もう行け、と言外に示している。

天幕の指紋採取が終わったと都築が報告に来た。取調室に通すよう指示する。

歩子は報告書を再度確認して、取調室に入った。

救助された沢嶺宗平はまだ息があったものの全身を骨折するなど損傷が激しく、意識不明が続いている。警察は慣例どおり事故と自殺の両面で構えたが、すぐに不審点が見つかった。

沢嶺が転落した八槍山《はっそうざん》は滑落事故が多く、死亡者も毎年出ている。しかし、転落したと思われる登山道に滑落の跡は残っておらず、足を踏み外したようには見えなかった。

同時に、自殺の線にも疑問符がついた。沢嶺は自身が経営する会社の社員二人と登山に来ていた。翌日以降のスケジュールも組んでいる。自殺を想定した行動ではない。

そこに第三の線が浮上した。沢嶺が倒れていた崖下に帽子が二つ落ちていたのだ。一つは沢嶺がかぶっていたものだと同行していた社員たちが確認した。そして、もう一つは登山の直前まで一緒だったキャンプガイドがかぶっていたという。キャンプガイドは天幕だった。歩子もその帽子を確認した。額部分に『満天CAMP』のロゴ。見間違えようがなかった――。

少し遅れて天幕が取調室に連れられてきた。

机を挟んで座り、天幕と対面する。

「沢嶺宗平さんの件で伺いたいことがあります。お話しいただいたことは調書に記録させていただきます」

「沢嶺の容態は……？」

呼び捨て……。天幕にしては珍しい。

「最寄りの集中治療室に運ばれて一命は取り留めましたが、非常に危険な状態だそうです」

「お見舞いに行かなきゃ……ＫＳ医療センターですか」

「いえ……すみません、入院先はお答えできないんです」

「……なぜでしょう？」

「個人情報ですので……沢嶺さんとはどういうご関係ですか」

「……小学校からの付き合いです。毎月、第二の日曜に予約を入れてくれています」

満天キャンプにはリピーターが多い。歩子もその一人だ。

「二人で何を？」

ている。

「たいてい登山です。昨日は、もう一件予約が入っていたので、ランチだけで解散しました」

小浮気に聞いたスケジュールどおりだ。沢嶺に同行していた社員の証言とも一致している。

「友人なら、どうしてプライベートで会わず、満天キャンプを通すんですか」

「二人のスケジュールがなかなか合わないので。まあ、忙しいのは沢嶺の方なんですが、たまの休みに私が仕事だったりするもんですから。だったら、会社を通して私のスケジュールを押さえた方が早いと、あいつが言い出して」

沢嶺は昨日、社員二人と共に八槍山の麓にあるキャンプ場を訪れ、天幕のランチを食べた。その後、社員を連れ、登山を開始。往復三時間ほどの気軽な行程だったが、途中で社員の一人が気分を悪くし、もう一人の社員に付き添われて下山した。沢嶺は午後四時までに戻ると言い残して登山を続けたという。しかし、時間を過ぎても沢嶺は下山せず、日が沈みかけた午後五時頃、社員が捜索願を出した。

加我の筋立ては、天幕が沢嶺を突き落としたというものだった。落ちる間際、抵抗した沢嶺が天幕の頭から帽子を奪った――。

天幕を知る歩子にすれば、とても同意できるものではない。が、個人的な感情での擁護は刑事としてあるまじき行為。そう自制し、加我の指示に従っている。

「沢嶺さんたちと別れた後は？」

「後片付けをして、さっぽろ湖で釣りのガイドをしました」

「さっぽろ湖？」

歩子は違和感を覚えた。

さっぽろ湖はダムで川を堰《せ》き止めて作られた湖だ。なんとなくだが、天幕が案内するにしては、いささか人工的過ぎる気がした。

「なぜ、そこに？」

「えーと、直前に私が八槍山にいるので、じゃあ、さっぽろ湖でイトウを狙いましょうかという話になりまして」

「お客さんと相談して決めたと？」

「はい。イトウを釣りたいとのリクエストもあったので」

以前、小浮気が、さっぽろ湖で一メートルの大物を釣ったと得意満面に説明していた。イトウは、日本では北海道にしか生息していない淡水魚で、大型であることから釣り人からの人気が高い。イワナが三十センチで大物と呼ばれるのに対し、イトウは八十センチを超えることも珍しくないが、札幌近郊で釣れる場所は限られている。

「八槍山のキャンプ場から、さっぽろ湖は近いんですか」

「車で二十分ほどです」

沢嶺が転落した崖は登山口から三十分あれば着く場所にあった。解散後、密《ひそ》かに沢嶺を追って、犯行に及んだとしたとしても次のガイドには間に合う。

しかし、沢嶺を崖下に突き落とす天幕の姿はとても想像できない。沢嶺の命があったのは幸運に過ぎず、通常であれば死んでいた。天幕が突き落としたとすれば、殺意があったことになる。

ドアがノックされた。

同僚の刑事が顔を出し、歩子を呼んだ。

取り調べ中にノックされるのは好きではない。理不尽に取り調べを外された過去が頭をよぎるからだ。

指示されるがまま隣室に移った。

中では、加我が腕組みをして、マジックミラー越しに取調室の天幕を見ていた。

「指紋が一致した」

加我の一言で鳥肌が立った。

転落現場に落ちていた満天キャンプの帽子からは指紋が検出されていた。それが天幕から採取した指紋と一致したのだ。

「逮捕状を請求した。取り調べはどうする？　大塚《おおつか》に代えてもいいぞ」

「……いいえ。続けます」

「行け」

部屋を出るまで加我は歩子を見ようともしなかった。

いつでも代替できる駒。それならまだいい。女性被疑者への配慮。健全な男女比率。そんな建前のためだけに自分は置かれているのではないか。事あるごとに、そう思い知らされてきた。

ダメだ。感情的になってはいけない。だから女は、などと嘲笑させてたまるか。

歩子は長く息を吐き、冷静になったのを確認してから取調室のドアを開けた。

心配そうに顔を向ける天幕と対面し、取り調べを再開する。

「沢嶺さんが転落した場所で、天幕さんの帽子が見つかっています」

「え？」

「帽子には天幕さんの指紋がついていました」

天幕は青ざめた。

「昨日、沢嶺さんたちと別れてから、彼らの後を追った。違いますか」

胸が痛んだ。

あなたを疑っている。そう宣言したようなものだ。

「……私が沢嶺を……そう考えているんですか」

「もし、そうなら……」

今のうちに自ら罪を告白して欲しい。少しでも刑を軽くしたい。

「私は山に登っていません」

否認――。

歩子は隣室から飛ばされているであろう視線を意識した。

「では、なぜ、天幕さんの帽子が落ちていたんでしょう」

「わかりません……車の中で脱いだはずです」

任意同行の際、天幕のバンを調べたところ、満天キャンプの帽子が三つ見つかっている。天幕は頻繁に帽子を紛失し、その度に小浮気から新しい帽子を押し付けられていた。後からひょっこり見つかることもあるが、売り物には戻せず、結果、車の中に溜まっているという。歩子もバンの荷台で雑に仕舞われている帽子を見たことがあった。

いずれにしても天幕の私物が崖下に落ちていた事実は覆らない。

「昨日の一時から二時半の間、どこにいましたか」

「アリバイですか……」

天幕は寂しそうに微笑んだ。

「車で仮眠していました。次のガイドまで時間が空くときはいつもそうです」

「証明できるものは？」

「……」

「天幕さん？」

それから天幕は質問に答えなくなった。言葉を濁し、「わかりません」を繰り返す。

歩子は揺れた。性善説に立っていては刑事など務まらない。動機は不明だが、考えてみれば、天幕について何も知らなかった。であれば、掘るしかない。見たくないものを見る羽目になったとしても。

二時間ほど取り調べたところで休憩を入れた。

刑事課に戻ると、デスクにいた加我が「来い」と指で呼んだ。

「フダが下りた。逮捕は夜だ」

歩子は奥歯をかんだ。

逮捕状が発行されてもすぐに逮捕せず、任意同行で引っ張れるだけ引っ張る。加我の意図は、被疑者の拘束時間をできるだけ長く確保し、逮捕から送致までの制限時間内に自白を引き出すことにある。それは証拠が不足していることも意味していた。事前に盗まれた可能性もあることから、帽子の指紋だけでは決め手に欠ける。その穴を加我は自白によって埋めようとしているのだ。

「取り調べは大塚にさせる」

加我は中堅の大塚を取調官として育てようとしていた。

「待ってください」

歩子は詰め寄った。

「決定だ。お前は証拠を集めて来い」

「捜査に出ろと？」

「その方が、お前もやりやすいんじゃないか」

「……ですから、手心なんて――」

「天幕と沢嶺の関係がわかった」

加我には歩子の話を聞く気がない。

「先ほど幼馴染みだと――」

「そんな遠い話じゃねえ。天幕はペイダムの創業者だ」

言葉に詰まった。

ペイダム――沢嶺の会社。決済システムを運営するフィンテックベンチャーだ。

「七年前に沢嶺と二人で会社を起こしている。沢嶺が経営、天幕はプログラマーだったそうだ」

こんな状況でなければ噴き出していた。モニターを見つめ、キーボードを叩いている天幕。コミカルなイメージしか浮かばない。

「だが、天幕は四年前に退職している。ペイダムは沢嶺のもんになったってわけだ」

「退職理由は……？」

「まだ警察学校にでもいるつもりか。お前の仕事だろうが」

そう言い捨て、加我は他の刑事と話し始めた。

4

千歳《ちとせ》市のオフィスビル。ペイダムはその五階にあった。

受付は無く、社名ロゴの入った壁の前に電話が置かれている。受話器を取ると、女性が出たので、要件を伝えた。

「手狭ですね」

都築がフロアを見回した。

それほど大きくないビルの各階に複数の企業が入っている。個々のスペースは広くないはずだ。

ドアが開き、女性社員が現れた。昨日、沢嶺と同行していた社員の一人だ。

案内されたペイダムのオフィスは予想どおり、こぢんまりしていた。共有スペースと応接室が兼用されていることから来客は多くないようだ。それでも綺麗に整頓されており、所々に置かれた木製のインテリアは満天キャンプと共通する温もりを感じさせた。

「奥のブースは汚くてお見せできませんが」

案内してくれた女性社員が謙遜《けんそん》して言った。

女性は広報担当の東寺《とうでら》と名乗った。

「すみません、昨日一緒だった者は外出しております」

東寺の顔には疲労の色が滲《にじ》んでいる。

無理もない。沢嶺の身元や所持品の確認は深夜まで及び、東寺たちはずっと救助隊の本部に詰めていた。心労は相当だっただろう。

「こちらこそ大変なところを何度もお時間いただいてしまって」

歩子は会社についての当たり障りのない質問から始めた。

「ここにいる社員は全部で十名です。在宅勤務が八十名ほど」

「効率的ですね」

都築が率直な感想を口にした。

警察には無縁なシステムだ。

「去年、東京から移転したとき大半をリモートに切り替えたんです」

天幕も東京で働いていたのか。イメージが少しずつ変わってゆく。

「移転の理由は？」

「経費削減が一番ですね。東京で大所帯を抱えるより在宅勤務を増やして本社をスリムにしようと。北海道は沢嶺の故郷ですし、企業誘致の補助金もありましたので」

「創業は七年前ですよね。そこから社員が百名近くまで増えたんですか」

「ええ。オンライン決済の伸びに乗ったのが大きかったと思います」

歩子にはわからない世界だ。

本題に入ろうとすると、応接スペースの脇を女性社員が通った。

東寺は笑顔を作り、「お疲れさまでした」と声を掛ける。

まだ午後三時を回ったばかりだ。

女性は「ごめんね。後はよろしく」と手を合わせ、出て行った。

「すみません。お子さんの習い事があるそうで」

東寺が恐縮しながら向き直った。

「働きやすい職場みたいですね」

休日であっても呼び出しに備えなければならない、どこかの職場とはえらい違いだ。

「ええ。社長の沢嶺がそういう社風を心がけています」

歩子は以前テレビで見たIT企業特集を思い出した。紹介された企業は、オフィス内に芝生や樹木を植えたり、いつでも寝られる巨大なハンモックを設置したりと、社員ファーストのオフィス作りをアピールしていた。そこまでの設備は無いが、ペイダムのオフィスも歩子の目には快適そうに映った。

「昨日の天幕さんについて伺わせてください」

本題に入る。

「天幕さんですか……ずっとニコニコされていましたけど」

「いつもと違った様子は？」

「天幕さんとお会いしたのは初めてですので」

「……毎月、満天キャンプを利用されているのでは？」

「それは沢嶺だけですね。社員が参加したのは今回が初です。話の流れで二名追加してもらったんです」

「予約を変更したということですか」

「え、ええ……」

「変更したのはいつですか」

「先週の金曜日ですけど……」

細かく確認され、東寺は困惑したようだが、これには重要な意味がある。

沢嶺に社員が同行したのは初めて。しかも、直前に決まったとなれば、天幕にとっても想定外だったはずだ。

「以前から沢嶺には声を掛けられていたんですが、社員の誰も興味が無かったというか……」

「では、なぜ参加を？」

「昨日はキャンプ場でランチするだけでもOKということだったので。あとは……思い出作りというか、社長の趣味を体験しておくのもいいかなって。それがこんなことになるとは……」

東寺は目を伏せた。

「天幕さんとは何をされたんですか」

「キャンプのことはよくわからないんですが、テントではなく、屋根だけの……」

「タープですね」

「はい、それを張って――」

全面を覆うテントと異なり、タープは直射日光や雨を防ぐために屋根部分だけを張る。

キャンプ道具を言い当てた歩子を都築が不思議そうに見た。

「それから焚火をして、あれもバーベキューって言うのかな……お肉を吊るして直火で焼きました」

歩子はニセコの夜を思い浮かべた。

「美味しいですよね」

思わず口にする。

案の定、都築がまた横目でこちらを見た。

「沢嶺がリクエストしたそうです。初めてだったので興奮しました。他にはサラダやスープを出していただいて」

「天幕さんと沢嶺さんはどんな会話をされていましたか」

「ほとんど料理の話だったような……」

「二人の仲は良好でしたか」

「はい。そう見えました」

「天幕さんがこの会社の創業者であることはご存じですよね」

「はい」

「天幕さんが会社を離れた経緯は？」

「経緯……といいますと？」

東寺の目が泳いだ。

「何かトラブルが？」

「いえ……詳しいことは……」

「大まかでも構いません」

東寺は少し迷ってから口を開いた。

「私は、天幕さんが退社されてから入ったので……ただ、沢嶺と天幕さんが衝突したという話は聞いています」

やはり二人の間にはトラブルが起きていた。

「詳しくは知りません。当時は今ほど風通しが良くなかったらしくて……」

「そうは見えませんが」

快適そうなオフィスからは想像しにくい。

「今は間違いなく優良企業だと思います。でも、天幕さんがいた頃は、成果最優先でかなり厳しかったようです」

「えーと……ブラック企業ということでしょうか」

歩子は言葉を選ぼうとしたが、上手く言えず、ストレートな聞き方になってしまった。

東寺は機嫌を損ねてはいないようだ。

「……そうですね。ありがちなパターンです。スタートアップ企業は、会社の成長が至上命題ですから」

広報担当なのに、ずいぶん突っ込んだ話をしてくれる。誤魔化しているようには見えない。天幕が会社を去った理由は本当に知らないのだろう。

歩子は昨日の話に集中することにした。

「東寺さんは登山の途中で下山されたそうですね」

「お恥ずかしい限りです……沢嶺もゆっくり登ってくれたんですが、足まで攣《つ》りそうになっちゃって……やっぱりランチだけでやめておくべきだったと後悔しています」

「沢嶺さんは登山を続行したんですね」

「一緒に下山すると言われたんですけど、申し訳なくて……もう一人の社員が付き添ってくれるというので、私たちだけ先に下山しました」

「どのくらいで下山されたんですか」

「登り始めて二十分ほどでしょうか……情けないです。ソフトボール部だったのに」

東寺は手で顔を覆った。

「もう、ひたすら恥ずかしくて……運動には自信があったんですが、ダメですね……華奢な人も頑張って登っているのを見て、自分の衰えを痛感しました」

社員たちが先に下山したことで、犯行が可能になった。しかし、それはアクシデントであり、予測不能だ。

「改めて確認ですが、登山中、天幕さんの姿を見ていませんか」

「見ていません。下山中、数人とすれ違いましたけど、その中に天幕さんがいたら気づいていたと思います。あれだけ長身ですから」

沢嶺たちの後を追ったのでないとすれば、他の登山口から登り、先回りしたことになる。が、別のルートを通ったのなら東寺たちの下山を知る術《すべ》が無い。それとも他に追跡する方法があるのだろうか。

「あの……こちらからも伺ってよろしいでしょうか」

東寺が恐る恐る聞いてきた。

「はい。答えられる範囲でしたら」

「社長の……沢嶺の事故に天幕さんが関係しているんですか」

「今は事故を含め、あらゆる可能性を探っているところです」

杓子《しゃくし》定規な返ししかできない。

東寺は納得していないようだ。

「……よろしければ、初期から在籍している社員もいますけど……？」

「是非！　お話を伺わせてください」

「少々お待ちください」

東寺は席を立った。

「いつからキャンプが趣味になったんですか」

都築が耳元でボソッと言った。

「一般教養よ」

歩子が睨むと都築は肩をすくめた。

「それより、社員の同行は天幕にとって不都合ですよね。どうして計画を強行したんでしょう？」

都築も気づいていたようだ。

天幕と沢嶺は毎月会っている。一緒に登山をすることも多い。犯行を延期しても問題ないはずだ。

「強行した理由ね」

「場所……？」

都築がつぶやいた。

「沢嶺と天幕は毎回、登る山を変えていたんですよね」

「小浮気さんはそう言ってたね」

「八槍山じゃなければならなかった理由があるとしたら？」

「……あの山は滑落事故に遭いやすい」

「ええ。油断すれば足を踏み外すような登山道なら、突き落とすのも容易なんじゃないでしょうか」

「崖下までの高さもかなりある。落ちればまず助からない」

「だから想定外の要因があっても追跡して突き落とすチャンスを窺った」

グループで登っていても気づけば距離が開いていることがある。ましてや社員二人は登山初心者。沢嶺よりだいぶ遅れてもおかしくない。その隙を突くつもりだったなら……。

委細は詰め切れていないが、一応の筋は通るか。

しかし——後輩に教えられるとは少々複雑な気持ちだった。

そこに東寺が気まずそうな顔で戻ってきた。

「すみません……手が離せないので、あちらまで来てもらえればと言ってるんですが……」

「ええ、構いませんよ」

歩子と都築は揃って腰を上げた。

オフィスの奥には部屋が二つ並んでいた。一方は社長室。東寺はもう一方のドアをノックした。

「うい」

と、くぐもった声がした。

東寺がドアを開け、中に入るよう促した。

その部屋の異様さは一目瞭然だった。薄暗い四畳ほどの部屋を、大中小様々なモニターが占領している。その光は中央に座る小太りの男を照らしていた。

「吉田《よしだ》さん、お連れしましたよ」

「うい」

東寺に声を掛けられても男はこちらに背を向けたままキーボードを叩き続けている。

「吉田さん」

男の手が止まった。それから、じっとモニターを見つめ、溜息をつくと、顔だけこちらに向けた。四十歳前後。眼鏡の度が強そうだ。

「うい」

「札幌伏見署の霧谷です」

「うい」

吉田と呼ばれた男はまたモニターに向き直った。

「お忙しいところ、すみません」

「うい。早く済まして」

妙にイラっとさせる声だ。

「創業時からここにいらっしゃるそうですね」

「いや。入社したのは六年前。それまでの一年はあの二人だけで回してたんだよ」

吉田はデスクに肘《ひじ》をつき、モニターに映る文字列を目で追っている。

「沢嶺さんと天幕さんの関係性はよくご存じですか」

「うーん、どうかな。俺、天幕さんと似たタイプだから」

「どこがだ。

　そのまま聞いてしまった。

「他人に興味ないところ」

　それは違う。

　あの人は背中を向けたまま人と話すようなことはしない。

「天幕さんが会社を離れる直前、沢嶺さんと揉めていたそうですね」

「ああ、すげえ口論してたな。内容までは知らんけど」

「そういう事は度々あったんですか」

「いんや。あれが最初で最後って感じ。だいたい天幕さんは自分の個室に閉じこもってトイレ以外、出てこなかったし」

「それで仕事ができるんですか」

「だって、ペイダムのコードは全部あの人が書いてたんだよ。天才っちゃ天才かな。俺は変人だと思ってるけど。なにせ、個室に寝袋持ち込んで、ずっと泊まり込んでたんだよ。頭おかしいでしょ」

「会社の経営もされていたんですよね」

「まったく。経営は沢嶺さんに任せきり。天幕さんは……まあ、俺らみたいなのにありがちだけど、没頭型だから。プログラミング以外は無頓着だったね」

プログラミングに没頭し、パソコンの前を離れない。山菜採りに夢中になって遅刻を繰り返す。どこか重なるものがある。

「沢嶺さんは――」

「ねえ」

吉田が椅子ごと振り返った。はち切れそうなTシャツの腹部にソースか醬油のシミがついている。

「天幕さんを疑ってんの？　沢嶺さんをやったって？」

「……吉田さんはどう思われますか」

「天幕さんのことはホントよくわかんない。あの人とまともに喋ったことのある社員はいないんじゃねえかな。きっと俺のことなんか存在すら認識してなかっただろうよ。だから、善人か悪人かは知らない」

吉田はこちらの反応を一切気にせず、喋り続ける。

「沢嶺さんは……少なくとも今は理想の社長だろうね。でも、もし誰かに突き落とされたんだとしたら――またか、って感じかな」

「……以前にも襲われたことが？」

「うん」

吉田は躊躇なく答えた。

東寺を見ると、露骨に焦っている。

「詳しくお聞かせください」

歩子は吉田と東寺の両方に言った。

「三年前だよなあ？」

吉田は眼鏡の奥から東寺に視線を飛ばす。

「はい……」

東寺は認めた。諦めの表情だ。

天幕が退職したのは四年前だから、その翌年ということになる。

「ここに来る前は目黒に会社があったんだけどさ。沢嶺さんが駐車場で襲われたの。ま、相手はほとんど手出しできずに逃げてったみたいで、怪我はしなかったんだけど」

「警察には？」

「特に被害は無かったから届けてないかもね。沢嶺さんも忙しすぎて、それどころじゃなかったみたいだし。でもなー。社内では不慣れなひったくりじゃないかって言われてたけど、あの頃の沢嶺さんはだいぶ恨まれてたからね」

「なぜですか」

「あの人、仕事のことになると厳しかったから。クビにしたの、天幕さんだけじゃないし」

「天幕さんはクビになったんですか」

「ああ、それはわかんない。でも、沢嶺さんと対立して辞めてったのは間違いないでしょ」

吉田が語った沢嶺像は社員ファーストのイメージとは正反対だった。

ペイダムは天幕のプログラミングスキルを屋台骨に沢嶺と二人で起ち上げた会社だった。会社はすぐ軌道に乗り、社員数も膨れ上がった。しかし、天幕の仕事ぶりは変わらず、二十四時間ぶっ続けでプログラミングに打ち込んだ。

「あの人、ハードワークっていう意識は無かったと思うよ。なんか毎日楽しそうだったもん。子供を放っておくと一日中ゲームやってんのと一緒。俺、子供いねえけど」

冗談を言ったつもりなのか、吉田は一人でクスクス笑った。

「そんな人の労働時間や働きぶりを基準にされちゃ、他の社員はやってらんないでしょ。でも、沢嶺さんの基準は常に天幕さんだったんだよ。どうして天幕と同じことができないんだって。できるわけねえっての」

結果、ペイダムはブラック体質に染まっていった。

沢嶺は従わない社員を解雇することも珍しくなく、一度は社員を告訴までしたこともあるという。ある社員が長時間労働を強いられた末に能力不足と判断され、「退職奨励」の形で実質の解雇訓告を受けた。すると、沢嶺を恨んだ社員は会社の技術データを他社に漏洩《ろうえい》しようとした。沢嶺は告訴までして漏洩を防いだが、その社員は業界内で危険人物として知れ渡り、職を失った。

「一年後くらいに、テック系のイベントで、そいつにたまたま会ったんだけど。前は俺より太ってたのに、げっそり痩せちゃってて。沢嶺さんもひでえことするなとつくづく思ったね」

天幕と沢嶺が揉めたのは、沢嶺が社員を告訴した直後だったという。

「天幕さんは沢嶺さんに会社の体質を改めるよう迫ったみたいよ。でも、沢嶺さんは拒否した。まあ、あの当時、会社の勢いを落とす判断を沢嶺さんがするはずないけど。で、翌日から天幕さんは会社に来なくなった。俺が知ってるのはそんぐらい」

「沢嶺さんは天幕さんを引き留めなかったんですか」

「完全決裂だからね。それに社員も増えて、システムで会社が回るようにもなってたし」

会社の利益に反する人間には非情だった沢嶺。親友の天幕すらも切ったのだろうか。

吉田の話を聞き、歩子の頭に浮かんだのは、ニセコで天幕が口にした言葉だった。

――他人との接し方がわからないんです。

「今じゃ、やりすぎなくらいホワイト企業だけどね。沢嶺さん、極端なんだよ。だから脇が甘くなる……」

吉田は突然、言葉を切った。

「……まあ、これは内輪の話か。ただ——結局のところ、ここは天幕さんがいないとダメなんだよ」

「ダメというのは？」

「……だから内輪の話だっての」

吉田は猛烈な速さでキーボードを叩き始め、以降、一切の返事をしなくなった。

5

取り調べを引き継いだ刑事にも天幕は黙秘を続けていた。

歩子はペイダムの社員から得た証言を加我に報告し、取調室に入った。

天幕の対面に座り、ペイダムで聞いた話を伝える。

天幕はわずかに反応した。

「沢嶺さんとは今でも確執があるんですか」

天幕は肯定も否定もしない。

「どうして、何も喋らないんですか」

「すいません……」

「謝ってほしいんじゃありません……」

「……」

「黙秘していては……このままでは逮捕されてしまいますよ」

言い過ぎた。

歩子はマジックミラーに目をやったが、当然、隣室の反応はわからない。

「すいません」

「……認めるんですか」

天幕はまた黙った。

ノックの音が聞こえたような気がして、歩子は振り返った。が、ドアは閉まったまだ。退場は二度とご免だ。気を取り直して質問を再開する。

「沢嶺さんを崖から突き落としましたか?」

「……」

こんなことを天幕に聞きたくはない。

しかし、これが仕事なのだ。

「……殺意はあったんですか」

「……」

おかしい。

歩子は天幕の変化に気づいた。

最初の取り調べでも天幕は言葉を濁していたが、まだ迷いが見えた。今は黙秘を貫くと決意しているかのようだ。

「喋れば喋るほど墓穴を掘るとわかっているんだろう」

刑事課のデスクで加我がコーヒーを飲み干した。依存の対象をニコチンからカフェインに乗り換えたらしく、毎日かなりの量を飲んでいる。

「だが、動機も見つかった。もう落ちる」

「証拠が充分とは言えません」

歩子が抗すると、加我は諭すように言った。

「こういうのは本人に喋らせた方が早いんだ」

自白偏重と揶揄《やゆ》される警察の姿勢だが、一定の根拠を伴っていれば、自白を引き出すのが一番の近道であることも事実だ。

しかし、歩子は加我の方針に賛同できなかった。

「他の可能性も探るべきです」

視界の隅で都築が顔を引きつらせている。

「いつから俺の上司になったんだ？」

加我が口元を歪ませた。

「……すみません。ただ、これ以上の取り調べは――」

「必要ない」

背中を悪寒が走った。

「この先は俺がやる」

「……捜査だけしていろと？」

取調室からの退場を告げるノック。

「そうじゃない」

加我の声は無機質だった。

「お前にはこの件から外れてもらう」

「……」

視野が収縮し、真っ暗になった。

「お前は天幕に思い入れが強すぎる」

「個人的な感情は入れていません」

「決めたことだ」

シャットアウト。

加我は他の刑事を連れ、刑事部屋を出て行った。

ぽつんと立ち尽くす歩子に都築が近寄った。

「やばいですよ。あんな反抗したら係長が怒るに決まってるじゃないですか」

「だから女は感情的……」

「え?」

「都築もそう思う?」

「霧谷さん……」

「あのう」

気弱そうな呼び声。

まさか、と振り返る。

しかし、天幕ではなかった。

廊下から職員が歩子を呼んでいる。

歩子が名乗り出ると、職員は困り顔で言った。

「妙な人が下に……来ていただけますか」

外はすでに暗くなっている。

一階に下り、窓口に向かうと聞き覚えのある怒鳴り声が聞こえてきた。

「市民が捜査に協力すると言ってるんだ！　君では話にならない。刑事課は上だろ。もう勝手に行かせてもらうぞ！」

イワナの刺身を食べさせろ、とゴネたときのように伍楼が職員に食って掛かっていた。その傍らでは山田がおどおどしている。

歩子に気づいた山田が伍楼の背中を叩いた。

振り向いた伍楼は歩子を睨みつけ、ずかずかと近寄ってきた。

「本当に刑事だったんだな」

「どうされたんですか……」

「あのガイドを逮捕したそうじゃないか」

「いえ。話を伺っているだけです」

もうすぐ逮捕されることを歩子は隠した。

「疑っているのは事実だろう」

「……ご用件は？」

「こいつを連れてきた」

伍楼は山田の背に手を回し、前に押し出した。

「山田さんがどうしたんです？」

「昨日の午後、あのガイドと釣りをしたのは、こいつだ」

山田が上目遣いで歩子を見た。

歩子は二人を小会議室に連れて行った。

伍楼も山田もイワナ釣り以降、満天キャンプの常連になっていた。伍楼は今日、歩子たちと入れ違いで満天キャンプを訪れていた。そこで小浮気から天幕が連行されたことを聞いたという。

「徐々にだが、会社を立て直すことができている。それもあのガイドのおかげだ」

柄にもなく、伍楼は感謝を口にした。しかし、それはクレームの前振りだった。

「あんたも知ってるだろ！　あのガイドが人を傷つけるわけがない！」

「ですから、まだ捜査中です」

「そんなもの必要ないじゃないか！」

歩子は閉口した。相変わらず滅茶苦茶だ。

「……まあ、いい。警察が間抜けなのはわかった。協力してやろうと思って、こいつを連れてきたんだ」

伍楼に睨まれ、山田は俯いた。どうやら無理やり引っ張ってこられたようだ。

天幕が任意同行されたと聞いた伍楼は、理不尽に小浮気を糾弾《きゅうだん》した。小浮気からしたら、たまったものではなかっただろう。詰められた小浮気が色々喋った中に、山田の話題があった。

「こいつ以上の証人はいないだろ」

と、伍楼は胸を張るが、歩子たちも午後の予約客には当たるつもりでいた。後回しにしていたのは、優先度が低いからだ。

「よく山田さんの連絡先を知っていましたね」

「涼子に聞いた」

「ああ……なるほど」

源流部で記念写真を撮った後、伍楼の愛人、涼子が連絡先の交換をしようと言ってきた。一度も連絡が来ていないので忘れていたが、山田も断り切れなかったらしい。

「山田さん」

「はい……」

呼ばれて山田はびくっとした。警察署の雰囲気にのまれている。

「昨日の天幕さんについて教えていただけますか」

山田は緊張したように唇を舐め、唾を飲み込んだ。

「……天幕さんの力になれるなら」

「無理にかばうのではなく、ありのままを話してください」

「はい……特にいつもと変わりませんでしたよ。少なくとも人を殺した後には見えませんでした」

「被害者は亡くなっていません」

歩子は手を前に出して訂正した。話がこじれても困る。

「はあ……」

山田はいじけて目を逸らした。

せっかくだが、天幕に動揺の色が無かったというだけでは、毒にも薬にもならない。

「山田さんは満天キャンプの帽子を見たことがありますよね」

「あのダサい帽子？　天幕さんがいつもかぶってる」

「そうです。昨日も天幕さんはあの帽子をかぶっていましたか」

「どうだったかなあ……かぶってるときと、かぶってないときがあるから……昨日は、かぶってなかったかなあ」

「間違いないですか」

「……思い出した。かぶってなかったです」

加我の筋立てがわずかに補強された。

「帽子が関係あるのか」

伍楼が口を挟んだ。

「詳しい説明はできません」

証拠品は公にできない。

「天幕さんにいつもと違う点はありましたか」

「んー。珍しく天幕さんがボウズだったことかな。僕は九十センチのが釣れましたけど」

ボウズとは魚が一匹も釣れなかったことを意味する。事件とは関係ないだろう。

「獲物は？」

なぜか、伍楼がライバル心をむき出しにした。

「ふん。イトウなら九十センチでもたいしたことない」

「イトウですけど」

「たいしたことあるでしょう」

山田もムキになる。

「魚の話はいいですから」

二人が言い合いになりかけたところで、歩子が割って入った。

「……あとは遅刻してきたことぐらい」

山田は顎をさすりながらつぶやいた。

「まあ、天幕さんの遅刻は割と多いけど」

「どのくらい遅れたんですか」

「十五分ほどです。現地集合だったんだけど、天幕さんが集合場所を間違えているのかなと思って、辺りを探していたら、慌ててやってきました」

「馬鹿たれ！　余計なことを言うな！」

伍楼に小声で怒鳴られ、山田は目を伏せた。

たしかに天幕の遅刻はいつものことだ。

しかし、沢嶺たちと別れてから山田との合流まで時間的余裕はかなりあった。それでも遅れたのは――。

「沢嶺は敵が多いんだ」

伍楼が唐突に沢嶺の名前を出した。

「沢嶺さんをご存じなんですか」

「経営者のパイプを使って調べたんだよ。沢嶺はペイダムを追われることになっている」

歩子は「えっ」と声を漏らした。

伍楼はしてやったりという顔だ。

「やっぱり知らなかったか。まあ、まだ公表されていないからな。ペイダムは買収される。それも敵対的買収ってやつだ」

「会社を奪われるということですか。好調に見えましたが……」

いや。思い当たる節がある。ペイダムの社員、東寺は初めて登山に同行した理由を「思い出作り」と答えていた。沢嶺が去ることをすでに社員たちは知っていたのだ。

伍楼は得意げに説明した。

「ペイダムは二年ほど前に根幹技術を盗まれた。フィンテック企業にとっては致命傷だ。メイン開発者が残ってりゃ、まだ対策の余地はあったかもしれないが、案の定、あっという間に競合が増え、経営が傾いた。北海道に移転したのも固定費の大幅な削減に迫られたからだろう」

ブラック体質を改めたところで起きた技術漏洩。ペイダムの吉田が言っていた沢嶺の脇の甘さとは、このことか。

会社を守るために社員を告訴までし、長年の親友である天幕をも切り捨てた沢嶺だが、その冷徹な独裁にも一定の理があったとすれば皮肉な話だ。

「沢嶺は会社を乗っ取られないよう抵抗したみたいだが、とうとう首が締まって観念した」

「会社を追われる沢嶺さんが誰かを恨むならわかりますが……反対に恨まれるというのは？」

「買収を仕掛けた企業には、沢嶺に解雇された連中が多く移っている。技術を漏洩した社員も沢嶺と折り合いが悪かったらしい」

ブラック体質だった頃に生じた社員の怨恨が沢嶺の破滅を招いた。八槍山の事件もその一端だとしたら――。

「天幕さんが沢嶺さんのもとを去った経緯はご存じですか」

「こっちに来る前のことはよく知らないが、揉めたらしいな」

天幕も同様の恨みを抱えている可能性がある。沢嶺との関係性を考慮すれば、より恨みの度合いが増していてもおかしくない。

「教えてください。もし、伍楼さんが過去に共同経営者を会社から追い出したとして」

「実際にあったよ」

そうなのか……。

「その人と一緒に釣りをしたいですか」

伍楼は鼻で笑った。

「釣りどころか、顔も見たくない。向こうも同じことを言うさ」

「天幕さんと沢嶺さんは定期的にキャンプや登山をしています」

伍楼は短く息を吐いた。

「人それぞれと言ってしまえば、それまでだが……一見、良好な関係に見えても奥底でドス黒い感情が渦巻いているのはよくあることだ。自然を楽しむだけがキャンプをする理由でもないだろう」

「……他にどんな理由が？」

「悪いが、あのガイドはそれほど裕福ではないんじゃないか。沢嶺は腐っても急成長したベンチャーの社長だ。少なくとも今はまだな。二人の差は歴然だろう」

「天幕さんに格差を見せつけていたと？　そんなことしてどんな意味が……」

「負い目や劣等感を癒やすには、優越感が手っ取り早い薬になるんだよ。私が奴と同じ境遇なら、会う理由はそれしかない」

やけに気持ちが入っている。

山田が嫌悪感丸出しで見ているのに気づいた伍楼は顔を赤らめた。

「そうだよ、私は最低だ。いくらでも見下せ。だが、優越感は誰にとっても蜜の味だと思うが？」

山田を威嚇してから伍楼は溜息をついた。

「まあ、昔の馴染みに会いたかっただけ、というのも否定はできない……経営者は孤独だからな」

沢嶺の意識が戻らず、天幕も口を閉ざしている以上、彼らの気持ちは確認のしようがない。

ドアが開き、都築が顔を出した。

歩子が廊下に出ると、都築は小声で言った。

「係長が天幕さんを逮捕しました」

決まっていたことなのに、全身が硬直した。

頭が回らない。

なんとか二人に礼を言い、帰宅するよう告げた。

最後まで天幕は無実だと喚《わめ》く伍楼を見送り、都築に言った。

「都築……私、明日休むね」

明日の朝まで当直を務めれば、その後は非番となる。本来、被疑者を逮捕したら休みも勤務時間も関係なく走り回ることになるが——。

「捜査を外されたんだから、帰って構わないはずでしょ。有休を申請したっていい」

「……何を考えてるんですか？」

歩子は都築に微笑んだ。

「この先はプライベート」

6

余市《よいち》町——人口二万人に満たない小さな町はワインとウイスキーで世界に打って出

ている。天幕と沢嶺はここで生まれ育った。

駅前は見渡す限り、高い建物が無く、空が広い。日はすっかり高くなっていた。

歩子は一台だけ停まっていたタクシーに乗り、行き先を告げた。

故郷とはいえ、彼らの帰る家は無い。沢嶺はすでに親を亡くしており、天幕の家族は現在海外に在住している。

タクシーは道道228号に出て、海を右手に走った。それから長閑《のどか》な住宅地に入り、直進すると広いグラウンドを持つ小学校が見えた。天幕と沢嶺の母校だ。

昨夕、電話で二人の同級生を紹介してくれるよう頼んでおいた。非番に入ってしまうと、捜査とは言えないため、なんとか昨日のうちに二人を知る人間を探さないといけなかったが、幸い小学校の教頭がまだ帰宅していなかった。

職員用玄関で用件を伝えると、天幕と同世代の女性が現れた。

――ちょうど彼らの同級生が我が校で教師をしています。

昨日の電話口で教頭はそう言っていた。

「沢嶺くんは無事なんでしょうか」

新井《あらい》と名乗った女性教師は歩子を応接室に通してすぐ憂いを口にした。

歩子は治療中とだけ答え、二人との関係を尋ねた。

「彼らとは小学校から高校まで一緒でした。二人とも大学進学で上京し、沢嶺くんは経営学部を出て、大手企業に入ったと聞いています」

ペイダムを起こしたのは、その後だ。

「天幕くんは、たしか理学部だったかな。中学の頃からパソコンに詳しくなった印象があります。大学を出てからはあちこち放浪していると……でも、札幌にいたんですね」

「二人はどんな間柄でした？」

「高校卒業以来だから、もう十五年も前の記憶ですが……二人は親友というか悪友というか……沢嶺くんは悪ガキでリーダー気質でした。天幕くんは成績優秀でしたが、大人しくて何を考えているかわからない人でしたね」

天幕の人柄は子供の頃から変わっていないようだ。

新井は脇に用意してあった古いアルバムを応接机に置いた。小学校の卒業アルバムだ。

付箋の貼ってあるページを開くと、六年生の集合写真が現れた。

「これが沢嶺くん」

新井は後列に立つ児童を指した。

「天幕くんはこっち」

新井が指したのは前列の小柄な児童だった。

「天幕さん、小学生の頃は小さかったんですね」

「ええ。中学の途中からニョキニョキ大きくなりました」

幼いながらも凛々《りり》しい目をした沢嶺に対し、天幕は完全に目をつぶってしまっている。

「タイプは正反対でしたけど、本当に仲が良かったです。中学に入ると一緒にキャンプをするようになって。学校から注意されてもお構いなしでした」

新井は遠い目をして続ける。

「高校は小樽《おたる》の進学校に通いましたが、二人とも相変わらずで。そうだ……夏休みにテントを自転車に積んで北海道を一周したこともありました。夏休みが終わってもまだ帰って来なくて、登校したのは一週間後。当然、学校からは厳重注意です」

「問題児ですね」

歩子は苦笑した。

「皆は彼らをトム・ソーヤとハックルベリー・フィンみたいだと言っていました」

新井も笑顔を返す。

「どちらがトムですか」

「沢嶺くんです。なんだかんだ言ってクラスの中心は彼でしたから。ちょっとズルいところもあって野心家で、都会的なお洒落さがあって。女子からも人気がありました」

「うーん、やっぱり変な人ってイメージかな。通学路に座り込んで虫を観察していたり、校庭の真ん中で寝ていたり……」

それはもうアウトドアの域を超えている気がする。

「でも、問題が起きたときに解決するのは天幕くんの方でした。本当にいいコンビだったんです」

新井は懐かしそうに言った。

きっと当時も二人に温かい眼差しを向けていたのだろう。

結局、新井の話からは二人の絆《きずな》しか垣間見ることができなかった。やはり、事件の焦点は天幕のペイダム退社以降にあるようだ。

歩子は他の同級生の連絡先を聞き、席を立った。

新井は玄関まで送ってくれた。

「あの、刑事さん」

新井が落ち着かない顔で切り出した。

「天幕くんが沢嶺くんを酷い目に遭わせるなんて絶対ないと思います」

歩子は返事の代わりに頭を下げ、学校を後にした。

新井が訴える気持ちは理解できる。しかし、彼女の知らないうちに二人の関係性は

「天幕さんは？」

大きく変わった。

トム・ソーヤとハックルベリーも大人になり、社会に出る。その先に待っていたのは、深刻な決裂だった。

それでも天幕が沢嶺を恨み続け、殺す機会を窺っていたとは考えにくい。いや、そう思いたくないという方が正しい。だが、もしも登山中、言い争いになり、つい手を出してしまったら……。傷つけるつもりはなくても沢嶺の後ろ足が虚空を踏んだら……。

悲観的な想像をスマホの着信音がかき消した。

都築からだった。また悪い報せだろうか。

「どうしたの？」

〈今どこですか〉

「海」

気づけば、海の見える通りまで来ていた。

〈沢嶺の――〉

都築は一旦言葉を切った。周囲の耳を気にしているようだ。

〈容態が急変しました〉

沢嶺が死亡すれば、天幕の容疑は殺人に切り替わる。取り調べる加我の牙はむき出しになるだろう。

　歩子は同級生回りを取り止め、電車に飛び乗った。

　刑事課に駆け込むと、そのまま加我のデスクに向かった。

　手前にいた都築に短く聞く。

「沢嶺は？」

「病院からはまだ……」

　都築は小声で返した。

「どうした、明日も休みたいか」

　加我の嫌味が飛んできた。

　歩子は聞き流し、その脇に立つ。

「天幕さんと話をさせてください」

「落とす材料でも見つかったのか」

「天幕さん……天幕がやったのなら自首するはずです」

　整わない呼吸で必死に食い下がる。刑事の勘。そんなものが自分に無いことは知っている。それでも、違和感を誤魔化すことはできなかった。

　ところが、加我は訴えを無視した。

「霧谷。お前、報告していないことがあるだろ」

言葉に詰まる。

勢いを削《そ》がれた歩子を加我が睨め上げた。

「天幕の客がここに来たそうじゃねえか」

歩子は思わず、横目で都築を見た。

後輩の目が謝っていた。

「今日はどこに行ってた？」

まるで取り調べだ。

「……二人の母校です」

「何を聞いた」

「取り調べをさせてください」

「さっさと言え。話はそれからだ」

当然、加我に隠しておくつもりはない。歩子は伍楼と山田、そして、余市で新井から聞いたことを全て報告した。

「たいして使えねえな」

加我は言い捨てて立ち上がった。

「隣で聞いてろ」

「……取り調べは？」

「飛ばされないだけでも助かったと思え」

加我は歩子に一瞥もくれず、廊下に向かう。

その背中がぼやいた。

「これだから――」

今、なんて言った……。

歩子は震えるほど奥歯を強く噛んだ。

目の周りが熱くなる。

絶対に涙を見せるな。目を潤ませてもいけない。

しかし――熱は引かない。視界が滲む。

「霧谷さん」

後ろから都築の声。

「お土産、なんですか」

はあ？

呆れて振り返る。

都築は真顔だった。

「買ってるわけないでしょ！」

歩子が突っ込むと、都築は安堵の笑みを見せた。

「えー、楽しみにしてたのに」

熱はすっかり引いていた。

歩子は廊下に向かいながら気の利く後輩に言った。

「今度ご飯、連れて行ってあげるから」

加我はいつもどおりの剛腕だった。決して怒鳴らないが、マジックミラー越しでも圧が伝わってくる。

ところが、取り調べが再開されて間もなく歩子は察した。

加我は焦っている。

天幕の取り調べは暖簾《のれん》に腕押しで、自白どころか新たな情報すら引き出せていないようだ。

「沢嶺とは小学校からの付き合いだろ。ずっと沢嶺の陰にいて面白くなかったんじゃないのか」

さっそく加我は新井の証言を利用した。

「大人になるまで子分扱いされちゃ、腹も立つわな」

歩子はそんな報告をしていない。加我はわざと歪曲《わいきょく》している。天幕を怒らせて、ボ口を出させるつもりだ。もしくは、それが天幕の本心だと踏んだのか。

いずれにしても天幕は挑発に乗らなかった。相変わらず、のらりくらりしている。

加我はまくし立てた。

「沢嶺と別れた後、車中で仮眠を取ったと言ったな」

「はい……」

「それで次の集合時間に遅れたのか」

「……遅れていません」

「嘘をつくな」

天幕の目がわずかに泳いだ。

「お前の客が証言したぞ。十五分も遅れてきたそうじゃねえか」

天幕は黙り込んだ。

加我は天幕の顔色を観察している。

「いつもなら沢嶺一人で来るところを急遽社員二人が同行することになった。幸い、登山に不慣れな社員たちは先に下山したが、突き落とすまでに計画よりも時間がかかった。違うか？」

沢嶺は社員に合わせて登るスピードを落としていた。天幕の足なら別のルートから先回りもできる。しかし、社員の下山は予期できなかったはずだ。筋立てとしては甘い。

　それは加我もわかっているはずだ。取り調べの技術は捜査や推理のそれとは異なる。狙いは、大筋で罪を認めさせること。細かい整合性は落とした後でじっくり確認する。黙秘を続ける天幕に加我は爆弾を投げた。

「沢嶺は助からないぞ」

　天幕は、はっきりと狼狽《ろうばい》した。

「死んだ時点で殺人事件となる。罪も重くなるが、俺たちの追及も厳しくなるぞ。どうする？　昔の相棒が死ぬまで待つか。俺なら白状して少しでも刑を軽くするがな」

「あいつが——ないですよ」

　天幕が虚《うつ》ろな目でつぶやいた。

「聞こえなかった」

　加我が聞き返す。

　天幕は顔を上げた。

「あいつが死ぬはずないですよ」

　真っすぐな目。

　歩子はマジックミラーに触れるほど顔を近づけた。

　そうか。間違っていたのは最初からだ——。

天幕との距離の近さを気にして、無理に客観視しようと努めていた。端緒は指紋のついた帽子。それを核になんとか動機を見つけようとした。しかし、どれも違ったのだ。

幾度目かの休憩に入る。

苛立つ加我を見て、歩子は確信していた。

加我をもってしても天幕は落ちない。なぜなら――。

天幕は無実だ。

歩子は部屋を出て、階段を下りた。

「待ってください！」

踊り場で呼び止められた。

都築が階段の上から睨んでいる。

「どこに行くつもりですか」

「どこって、今日は非番だもの」

「……辞める気じゃないですよね」

歩子は力なく微笑んだ。

やっぱり気づいていたのか。

都築は鼻で溜息をついた。

「ホント、堅物なんだよなあ、霧谷さんって」

「え？」

「正義感が強いっていうより、ただただ不器用ですよね」

「どういうつもり――」

都築の声はふざけていなかった。

「そういうのぶつけられる仕事……刑事の他にあるんですか」

言い返せなかった。

こんなはずじゃなかった。こんなことで悩むなんて想定していなかった。

……嘘だ。ここが男社会であることは知っていたはずだ。それでも刑事を志望したのだ。

「……私は優秀な刑事にはなれないかもしれない」

自然と口からこぼれた。

わかっていた。自分は警察に失望したんじゃない。組織の弊害に落胆したんじゃない。挫折したんだ――幼い頃から空想していた「理想の刑事」など存在しない。しがらみと折り合いをつけながら、時には正義感とも葛藤しながら犯人を追い詰めるタフさが自分に欠けていることを、ここ数年で思い知らされたのだ。

「だけど……」

歩子は踊り場から都築を見上げた。この後輩はきっと本部にも行ける。

「仕事のやり方は、自分で決めるから」

階段を下りる。

都築は追ってこなかった。

7

天幕は無実。

その視点に立つと、今度は別の不審点が持ち上がる。なぜ、天幕は黙秘しているのか。これまで沢嶺を突き落とした容疑について否定も肯定もしていない。

厳密には、任意同行された直後は否認していた。取り調べにも応じていた。それが途中から言葉を濁すようになった。当初は疑いが向けられていることに気づき、黙秘を決め込んだと推察されたが、いまだ弁護士すら呼ぼうとしない。じっと一人で思慮に耽《ふけ》っている。

「ハックルベリーか……」

夕方のすすきのを歩きながら歩子は一人つぶやいた。

何を考えているかわからない変な人。

天幕の同級生はそう形容していた。

捜査を組み立て直す必要がある。

天幕が無実だとすれば、天幕の帽子は何者かによって崖下に残されたことになる。その人物は天幕に罪をなすりつけようとしたのか。なぜ、天幕を選んだのか。この期に及んでも不明点が多い。一つだけ言えるのは、もし真犯人がいるとすれば、それは沢嶺と天幕の両方を知っている人物ということだ。

少年時代とペイダムで働いていた頃の天幕については、調べがついた。だが、まだ欠けている。ペイダムを去ってからの期間だ。

まだ閉店時間でもないのに、満天キャンプの電気は消えていた。

どこか荒廃した寒々しさを感じる。

ふと横を見ると、三人の親子連れが背を向けて歩いていた。

両親の手を握る子供が父親を見上げている。その横顔には見覚えがあった。

子供が歩子の視線に気づき、振り返った。

「あ！」

満面の笑みを浮かべたのは、来夢だった。

貴之と好美も振り向き、会釈した。

東京にいるはずの来夢が、離婚したはずの両親と並んでいる。歩子が驚いていると、貴之と好美は顔を見合わせて、苦笑した。

離婚後、深く反省した好美は、貴之と少しずつ関係を修復していた。今日は好美と来夢の面会日。いつもどおり家族三人で過ごす予定だったが、事件を知り、心配になって東京からわざわざやって来たという。

「天幕さんのツアーに申し込んでいたんですが、開催中止のメールが来て……それきり連絡がつかないから来てみたんです。でも、お休みのようですね……」

「ガイドさんはわるいことしてないよ！」

父親の説明を遮って、来夢が叫んだ。

一人前の顔で歩子を睨んでいる。

「わるいことしたら、けいさつにつかまるんでしょ！　またいっしょにあそぼうっていってたのに、わるいことするはずないよ！」

「そっか……」

歩子は笑って聞くことしかできなかった。

来夢は止まらない。

「ガイドさんはぜったいうそつかないよ。なのに、けいじさんはひどいよ！」

「刑事さんに怒っても仕方ないんだよ」

好美が来夢の頭をなでた。

「けいじさんなら、ほんとうのわるいひとつかまえてよ！」

来夢は涙目で口を尖らせた。

「こらこら……すいません」

貴之が恐縮して頭を下げる。

歩子は笑って首を横に振った。

子供の気分は変わりやすい。

別れる際には、笑顔で「ばいばい」と言ってくれた。

見送った歩子は満天キャンプのドアを押してみた。

鍵はかかっていなかった。

店内は薄暗く、あの温かみは消え失せている。

変わらないのはカランコロンというドア鐘の音だけだ。

「かいてんきゅーぎょーですよぉ」

唯一小さな明かりが点《つ》いている奥のバーカウンターから酔った声がした。

目を凝らすと、小浮気らしき人影がカウンターに突っ伏している。

「小浮気さん……どうしたんですか」

歩子が近寄ると、小浮気は腕の陰から顔を半分だけ出した。

「ああ……刑事さんかあ……」

棘のある言い方だった。

「小浮気さん、お店は……?」

「へっへっ。天幕を捕まえといてよく言うなあ、刑事さん」

泥酔している。

「飲みすぎですよ。少しお水を飲んだ方がいいんじゃないですか」

「え? お水くれんの、刑事さんがぁ? 天幕を捕まえやがったくせに、お水はくれんのぉ?」

「天幕さんの無実を証明したいんです。協力してください」

「スパイは信用できませーん」

「なんですか、スパイって……」

さすがに腹が立った。

「最初から天幕を捕まえる気だったんだろ」

「そんなわけないでしょ!」

小浮気は身体を起こし、歩子に顔を向けた。すっかり目が据わっている。

「なんじゃい! 俺も逮捕する気けぇ? おう、刑事さんよぉ」

方言がぐちゃぐちゃだ。

歩子はカウンターの奥に回った。

「あ！　不法侵入！　死刑！　お巡りさーん！」

回らない舌で騒いでいる小浮気に、水を入れたコップを突き出した。

小浮気は半開きの目で歩子を睨んだ。

「……べっぴんやんけ」

「さっさと飲んでください！」

「ひぃ……」

水を一気に飲み干した小浮気はカウンターに寄りかかり、うなだれた。

「小浮気さん、天幕さんのためにも協力してください」

小浮気は目をつぶって指でＯＫマークを作る。

歩子は小浮気の隣に座った。

ペイダムを去ってから現在に至るまでの天幕を知っているのは小浮気だ。

「天幕さんがガイドを始めたのはいつですか」

「うちで働き出したのは三年前」

「きっかけは？」

「言いたくない」

「え？」

「あいつは俺の人生を台無しにしたんだ」

小浮気は下唇を突き出した。

「天幕さんが……？」

「今でも許してねえ……だから言いたくない」

「大事なことなんです！　教えてください」

小浮気は急に声のトーンを下げた。

「昔……愛した女がいた」

「ん？」

「告白する場所は決めてあった。富良野《ふらの》にある夜景の見えるキャンプ場。冬にしか開かないが、周りの雪と街の光のコントラストが本当に綺麗なんだ。そこで焚火をして、神聖な気持ちで交際を申し込むつもりだった。だが……」

小浮気が真剣なだけに口を挟みにくい。

「焚火がつかなかった……緊張してたのと、冬だったから手がかじかんじゃって……あとライターのオイルが切れてた」

「そしたらさ……あいつがさ。来たんだよ。私がつけましょうかって。頼んでねえのにぐだぐだじゃないか。

にょぉ」

「それが天幕さん？」

「うん……でも、彼女がお願いしますって言っちゃって……まあ、びっくりするぐらい簡単についたね、火が」

「……どこが台無しなんですか」

「そんなことされたら俺の面目丸つぶれでしょぉ！」

「もしかして、それだけ？」

「まだあるよ！　あいつ、自分んとこの焚火で煮込みうどん作り始めちゃってさ。いい匂いさせちゃってさ。よかったら食べます？　なんて言ってきてさ。彼女が喜んじゃって、喜んじゃって……もう告白なんて雰囲気じゃなくなったんだよ。仕方ないから別の日に告白したらフラれた」

「最後にさらっと言いましたけど、結局勝手にフラれてるんじゃないですか」

「あそこで告白できていたら違ってたんだよぉ！　あいつが邪魔したんだよぉ」

「……じゃあ、どうして天幕さんはここで働くことに？」

「煮込みうどんが激ウマだったから、スカウトしたわけ。結果的には正解だったね。天幕のキャンプ飯目当ての客が増えたから」

「天幕さんはその頃、何をされていたんですか」

「無職だったよ。だからさ、俺にもっと感謝しろってんだよ。天職を与えてやったんだから」

「三年前というと、ペイダムを辞めた翌年ですね」

一年間またブラブラしていたようだ。

「ペイダム？」

小浮気は首を傾げた。

「天幕さんが創業した会社ですよ」

「あいつが会社を？」

「まさか知らないんですか！」

「……だって、あいつ、こっちから聞かないと何も言わねえんだもん」

「沢嶺さんの共同経営者だったんです」

「そうなの？　幼馴染みってのは聞いた気がするけど」

小浮気はまだピンと来ていないようだ。

これでは天幕と沢嶺の関係性を知るはずもない。

歩子は落胆しつつもダメ元で尋ねた。

「天幕さんが沢嶺さんを恨んでいる素振りはありましたか」

「恨んでる……なして？」

「理由を詳しく話すと長くなるので――」

「恨んでるわけねえよ」

　小浮気はきっぱり断言した。

「……なして？」

　驚きのあまり、歩子も思わず訛《なま》ってしまう。

「言ったでしょぉ。あいつ、たかだか薪の種類を間違っただけの俺に怒ったんだよ。肉の香りが変わるっつって。恨んでる相手のために、そんなこだわり見せないっしょ」

　腑《ふ》には落ちるが、それだけでは通用しない。もっと確実な証拠が必要だ。

「天幕さんの無実を示すものはありませんか」

「あいつのスマホは？　ＧＰＳで山に登ってないか調べられるんじゃないの」

「車に置いておけば、動きません」

「うう……」

　天幕は仮眠していたと証言しているから当然スマホも動いていないことになる。

　小浮気がうつらうつらし始めた。

「小浮気さん」

「うう……」

　小浮気はカウンターに向き直ると力尽きて突っ伏した。

　これ以上聞くのは無理なようだ。

　歩子は礼を言って、スツールから降りた。

小浮気が腕の中に顔を埋めたまま言った。

「あいつを早く連れ戻してくれよ……頼むよ、歩子ちゃん……」

歩子は有り余っている壁の帽子を見た。

天幕が人殺しを企《たくら》むような人間でないことは皆が口を揃える。しかし、どんなに心情的な証言を積み重ねても物的証拠が勝ってしまう。帽子の証拠能力が無いことを証明しなければ、天幕の疑いは消えない。

店の外に出た歩子は振り返りたい衝動を抑えた。

小浮気も満天キャンプも痛々しい。

取調室の天幕だってそうだ。このままでは追及され続け、苦しむことになる。

天幕が苦しむ……。

歩子は胸の奥を針で突かれた気がした。

そこに来夢の言葉が重なった。

――ほんとうのわるいひとつかまえてよ！

頭の中の霧がわずかに晴れた。もう少しで何かが見えそうだ。しかし、寸前のところで思考が止まる。

天幕ならどう考える？

「そうだ……」

歩子は踵を返し、再び満天キャンプのドアを開けた。

火種の上に小枝。その上に細い薪。さらに上には太い薪。上手く組みさえすれば、無理に扇がなくても火は自然と燃え上がる
天幕に比べると、だいぶ時間がかかったが、居場所を自ら作り上げた満足感と安堵感は格別だ。

少し低い折り畳みの椅子も慣れてしまえば座り心地がいい。

必要なギアは全て小浮気に借り、タクシーで最寄りのキャンプ場に来た。

どれくらい時間が経っただろう。あえて時計は見ていない。

見上げると視界の全てを星空が占めた。

火ばさみで焚火の中からホイル包みを二つ取り出す。

少し置いてから、ホイルを剝《む》いた。

まずはサツマイモ。半分のところで折ると、黄金色の身が湯気を立てた。

火傷に気をつけながら頬張る。

ほくほく。身体が温まる。自然の甘さは心を温める。

続いてはリンゴ。焼きリンゴは芯をくり抜いて作ることが多いが、今回は一切下ご

しらえせず、砂糖も使わなかった。

スプーンですくって食べる。ちょっと贅沢な気分。

酸味が強い。やっぱり砂糖を入れた方が良かったか。今度はシナモンも使ってみよう。


大成功ではないけれど、上出来だ。

食材は途中のスーパーで買った。

ホイルに包んで、焚火に投げ入れるだけ。どちらもあまりに簡単な料理。なのに、野外では魔法のように感じる。

カップスープに湯を注ぐ。

静かな場所で一人になりたかった。落ち着いて考えたかった。

一息つきながら、これまでの情報を整理する。

――ガイドさんはぜったいうそつかないよ。

口を尖らせて怒る来夢の顔が浮かんだ。

天幕が無実なら、現場に残された帽子は天幕を陥れるための嘘になる。その嘘を嘘だと証明する術は？

ポケットのスマホが鳴った。

愛理からメッセージが届いていた。

『天幕さん大丈夫だよね？』

手の中で再びスマホが鳴る。

また愛理からのメッセージだ。

『智香も心配してます』

歩子は返信を保留した。

スマホの写真フォルダを開き、その中の一枚をタップする。

渓流釣りツアーでの集合写真が大写しになった。涼子が撮ってくれたものだ。伍楼、山田、歩子に囲まれた天幕が満天キャンプの帽子をかぶって笑っている。

このままでは殺人罪で送致され、起訴まで行くかもしれない。

歩子は溜息をつき、また満天の星を眺めた。キャンプを始めるまで星をじっくり眺めたことなど無かった。これまで興味の無かったものに意識を向けることも天幕に教わった気がする。

歩子の目が見開いた。

突然、星々が星座を描くように、天幕との思い出が次々と結びついた。

嘘を証明する方法――それを歩子は知っていた。

8

〈早かったな〉

電話越しでも加我が焦《じ》れているのは伝わってきた。

朝一番で科捜研に駆け込み、二時間。歩子もやきもきしていたが、待った甲斐があった。

「結論から言います。現場で見つかった帽子は証拠になりません」

〈続けろ〉

自分の筋立てが崩れても加我は動じない。

「想定していたとおりです」

歩子は沢嶺の転落現場に落ちていた天幕の帽子を科捜研に出していた。帽子からは天幕の指紋が検出されているが、彼が本当に犯人ならば他にも検出されるはずのものがある。そう言って加我を説得した。

検出されるはずのもの——それは、カンフェンやピマール酸。

マツの匂い成分だ。

焚火は燃やす薪の種類によって発生する香りが異なる。含んでいる匂い成分が異なるからだ。焚火や焼肉の匂いが衣服に着いてしまうのは、こうした匂い成分が付着することによる。

普段、天幕が使っていたのはサクラやナラなどの広葉樹だ。火が大きくなるまで時間がかかり、着火の技術も要するが、肉や魚と相性がいい。しかし、事件当日は小浮気の発注ミスにより針葉樹のマツを薪にするしかなかった。

もし、天幕が沢嶺を突き落とした際に帽子を奪われたのだとしたら、焚火に用いられたマツの匂い成分が検出されなければおかしい。しかし、転落現場に落ちていた天幕の帽子からは、それらが検出されなかった。

「つまり、転落現場に残された帽子は、その日、天幕がかぶっていた帽子ではないということです」

加我は黙っている。

「それと、今朝回収した帽子ですが――」

歩子はもう三つの帽子を検査に出していた。天幕のバンに積んであった帽子だ。

「帽子の一つに、マツの匂い成分が付着していました。運転席に置かれていた帽子です」

〈それが事件当日にかぶっていた帽子ってわけか〉

「はい、そうなります。天幕はサクラやナラしか薪に使わないので」

転落現場の帽子は何者かが事前に天幕から盗んだもの。証拠能力は霧散した。

加我が鼻で笑った。

〈匂い成分か……どこで覚えたんだ〉

「天幕……天幕さんに教わったんです」

〈それで？〉

加我が探るような口調で訊いた。

〈天幕じゃないとなれば、やったのは誰だ。事故だとでも言うのか〉

「……事故ではないと思います」

〈なら、他にいるんだな〉

「いえ」

〈……結論を話せ〉

歩子は緊張した。

一瞬の間を置いてから口を開く。

「沢嶺は自殺を図ったと思われます」

〈……説明しろ〉

嘲笑や罵倒を覚悟していたが、加我は聞く耳を示した。

歩子の筋立てはできていた。

ペイダムを奪われ、経営者失格の烙印を押された沢嶺は失望のあまり自殺を考えた。彼の恨みは会社を去った天幕に向けられた。会社を守ろうとする沢嶺の意志を汲《く》んで、天幕が会社に残っていれば、技術漏洩のダメージを乗り越えられたかもしれない。加えて、沢嶺は昔から天幕に劣等感を抱いていたのではないか。優越感と劣等感はコインの表と裏だ。沢嶺はリーダーとしての資質はあるものの、優秀さでは天幕に勝てなかった。

「沢嶺は天幕さんを苦しめようと殺人であるかのように偽装した。社員が最後まで同行していれば、計画を延期したでしょうが、途中で別れたので、崖から飛び降りた。事前に盗んでおいた天幕さんの帽子を持って」

〈ただでは死なないってやつか〉

「はい、自分を裏切った親友に殺人犯の汚名を着せようとしたのではないでしょうか。逆恨みも甚だしいですが」

〈筋は通るか……どっちみち捜査は一からやり直しだ〉

「そうなりますね」

〈他人事のように言うな。後はお前の仕事だ〉

　耳を疑った。

「でも私は……」

〈俺は忙しい。無理だと言うなら都築に――〉

「やります。もちろん」

〈なら、その筋立てを本人に当ててみろ〉

「……本人？」

〈沢嶺は昨夜、意識を取り戻した〉

「え！　どうして言ってくれなかったんですか！」

〈報告が遅れるのは、お互い様だ〉

　ぶっきらぼうに電話が切れた。

「ほんっと、意地悪」

　歩子はスマホに毒づいた。


　科捜研での手続きや後始末を済ませて、歩子は伏見署に戻った。

　駐車場で車を降りると、玄関から天幕と都築が出てくるのが見えた。二人はにこやかに話し、お互い礼をして別れた。

「すいません、お手数かけちゃったみたいで」

　歩子に気づいた天幕は笑顔で寄ってきた。

「ちゃんと話してくれれば、逮捕もされずに済んだかもしれませんよ」

天幕は鼻をかいた。

「すいません……取り調べなんて初めてでしたから、パニックになっちゃって」

「……こちらこそ、すみませんでした」

歩子は頭を下げた。

「や、やめてください」

天幕は慌てて歩子の肩を優しく摑み、頭を上げさせた。

「はい。沢嶺も回復したんですよね」

「沢嶺も回復したんですよね」

「はい。昨夜、意識が戻ったと」

「そうですか」

「……沢嶺さんの件は引き続き、捜査します」

「はい……」

天幕は顔を曇らせた。

「皆、心配してましたよ」

歩子は声色を明るくした。

「愛理も智香ちゃんも。伍楼さんと山田さんなんて、ここに乗り込んで来たんですから」

「ええ！」

「来夢くんも家族で満天キャンプに駆けつけて。でも、一番心配していたのは小浮気さんですね。飲んだくれて大変だったんですよ」

「それはいつものことですけど……」

天幕は微笑んだ。どこか無理をしているようにも見える。

「じゃあ、帰ります。やらなきゃいけない事が山積みなので」

「はい」

歩子は長身の背中を見送った。

天幕には沢嶺が自殺を図ったかもしれないとだけ伝わっている。しかし、天幕のことだ。盗まれた自分の帽子が現場に残されていた意味を悟っているだろう。

玄関に向かうと、都築がニヤニヤして出迎えた。

「よかったですね」

「呑気なこと言ってないで。これからが大変なんだよ」

歩子は沢嶺の聴取に向け、頭を切り替えた。沢嶺はまだ家族以外の面会を許されていない。許可が下り次第、病室での取り調べとなるだろう。

刑事課に加我の姿は無かった。

「例の事件、捜査本部が立つみたいです」

都築が耳打ちした。

「あらぁ……」

どうりで担当の刑事たちがピリピリしているわけだ。

先週、街中で通行人が急に意識不明の重体となる事件が立て続けに起きた。毒物による犯行が有力視されているが、いずれも一人ずつ狙われていて、毒ガスの可能性は無く、犯人の目星もついていない。所轄で解決できないとなると捜査本部が立てられる。普段先輩風を吹かしている刑事も本部のエリートが来れば、雑用に回される。

「このまま忘年会もナシですね。ま、その方がいいけど」

捜査本部の設置や運営にかかる費用は所轄持ちだ。カツカツの予算がさらに削られる。

「ったく、若者だなあ」

と言いつつ、歩子も課の飲み会が好きではない。

歩子は釈放された天幕の書類を整理しようと手に取った。

返却物は、財布とスマホのみ。スマホは、小浮気が何かあったらと機転を利かせて持たせた天幕の仕事用だ。

「天幕さんと何を話してたの？」

質問しても都築の返事は無かった。

おかしいと思い、顔を上げると、都築が笑いを堪えてこちらを見ている。

「……私の話じゃないでしょうね」

「料理くらい覚えた方がいいんじゃないですか」

「ちょっ……」

「でも、ホイル焼きは完璧みたいですね。包むだけだから」

都築の肩をグーで殴る。

「痛っ！」

同僚に苛立った目を向けられ、二人とも大人しくした。

「事件のことは？」

拘束されていた間、天幕も考えを巡らせていたに違いない。

「別に……沢嶺の意識が戻ったことぐらいですね。あ、入院先を聞かれましたけど」

「答えたの？」

「まさか。記念病院かと聞かれたので、違うとだけ」

「そう」

「しっかし、よく気づきましたね。焚火の匂い成分を調べようなんて。係長も口には出さないけど、感心してましたよ」

「前に天幕さんから聞いてたから――」

話の途中で血の気が引いた。

「──したんです？　急に──」

都築の声が耳に入らない。

そんな馬鹿な……。

「天幕さんの方から記念病院の名前を出したの？」

「……はい。こちらから言うはずないじゃないですか」

「それで、違うと答えたわけ？」

「はっきりとは言っていません。でも、ニュアンスとしては、そう伝わったと思います」

最初の取り調べで天幕は同様の質問をしていた。そのときは、ＫＳ医療センターかと聞かれ、歩子が暗に否定した。

そんなこと、あり得るのか……。

「霧谷さん……？」

「八槍山付近で集中治療室を持つ病院は三か所だよね」

「はい……え？」

都築の顔色が変わる。

気づくと歩子は駆け出していた。

滑落するように階段を下り、人にぶつかりながらエントランスを抜けた。先ほど停めた車に飛び込み、エンジンをかける。
警察署を車で出ると、すぐ信号に捕まった。
焦燥を抑え、スマホを取り出し、発信履歴からリダイヤルする。
小浮気が出た。
「小浮気さん、天幕さんから連絡は？」
〈どしたのぉ？　天幕、釈放された？〉
「天幕さんのスマホ、番号を教えてください」
〈ん？〉
「緊急なんです！」
〈ちょ、ちょっと待って〉
数秒後、小浮気が電話番号を言った。
歩子は頭の中で、その番号を繰り返しながら、「どうも」とだけ言って電話を切った。
すぐさま教えられた番号にかける。
話し中――。
信号が青に変わり、歩子は助手席にスマホを投げつけた。
天幕は明らかに沢嶺のいる病院を探っていた。
なぜ？

単なる見舞いのはずはない。一刻も早く行かなければならない理由があるのだ。警察の聴取が始まる前に。

沢嶺は自ら飛び降りた。そう歩子は考えた。しかし、もしも沢嶺が誰かに突き落とされたとしたら、沢嶺は犯人の顔を見ている可能性が高い。犯人からすれば、回復した沢嶺が証言する前に手を打とうとするはずだ。

引っ掛かっていることもあった。

だから、加我に認められても歩子は素直に喜べなかった。匂い成分を調べれば、無実を証明できると天幕も気づいていたはずだ。なのに、なぜ黙っていた？　それどころか、天幕は逮捕されても積極的な自己弁護をしなかった。パニックになったというのは嘘だ。取調室の天幕はただ黙秘するのではなく、ずっと何かを考えていた。

罪を隠したかったのか、有罪を覚悟していたのか、天幕の意図は不明だが、今はとにかく沢嶺との接触を防がなくては。

沢嶺が入院している北海道医大附属病院の案内標識を過ぎ、病院前の駐車場に入ると、ゲートで停められた。吐き出された整理券に手を伸ばす。

息をのんだ。

病院の玄関前を天幕が歩いている。

「天幕さん！」

車中で叫んでも声が届くはずもない。

駐車券を引き抜くと、ゲートのバーがゆっくり上がっていく。

「遅い遅い遅い遅い」

バーが上がり切るや否や車を発進させ、空いているスペースに頭から突っ込んだ。

車を飛び出し、玄関へ走る。

スマホを忘れたと気づいたが、引き返してはいられない。

総合受付の前は人でいっぱいだった。

受付の職員に沢嶺の病室を聞こうとすると、応対されていた中年女性に睨まれた。

「並びなさいよ！」

「緊急なんです」

歩子は警察手帳を見せる。

「すったらこと知らないわよ。こっちも一時間待ったんだから！」

「確認しますね……」

職員が手元のキーボードを叩こうとすると、女性が待ったをかける。

「こっちが先！」

困り果てる職員に歩子は「ＩＣＵの患者さんで、沢嶺さんです」とねじ込んだ。

「こっちが！　先！」

おばちゃんは受付の台をバンバン叩き出した。

「三階で聞いていただいた方が……」

職員が引きつった顔で囁いた。

歩子はエレベーターを探し、目に入った階段を駆け上がった。

集中治療部のフロアでスタッフを捕まえる。

沢嶺は五階の個室に移されていた。

再び階段を上がり、看護師に個室の場所を確認すると、怪訝そうな顔をされた。

「ご家族の方ですか」

「警察です」

「え？」

看護師は背後を振り返った。

歩子は察した。

「他にも面会者が？」

「はい、たった今。ご兄弟が」

「長身の男性ですね」

「はい」

ここを訪れている時点で沢嶺の入院を知っていることになる。看護師が家族と誤認しても責められない。
歩子は教わった病室に急いだ。
天幕は沢嶺をどうするつもりだ……。
額に汗が滲む。
あった。沢嶺の病室――。
最悪の事態を想定し、体が強張《こわば》った。
素早くドアを開け、飛び込むと――。
男たちの笑い声が飛んできた。
思考が止まる。
ベッドに横たわる沢嶺。その枕元に天幕が立っていた。
振り向いた天幕の笑顔が凍りつく。
沢嶺も固まった笑顔で歩子を見ていた。
「……何を……しているんですか」
どの感情も湧かない。
ただただ混乱していた。
天幕は神妙な顔に変わっている。
「説明してくれますね」

歩子が険しい目を向けると、天幕は困り顔で沢嶺と視線を合わせた。

沢嶺は首を動かすのがやっとの状態だ。

天幕は鼻をかいた。

「こいつは自殺するようなタマじゃありません」

沢嶺が照れたように「ふっ」と笑う。

「それに、こいつと会うときは、現地集合です。私のバンから帽子を盗み出すチャンスはほぼ無い」

自分の筋立てが否定されても腹は立たなかった。そんなことよりも……。

「あなた達は一体……」

やっぱり腹が立ってきた。この二人は警察を翻弄《ほんろう》している。

「説明します。ただ……」

天幕が真剣な顔をした。

「これから起こることを、少しの間、見逃していただけませんか」

「……何が起こるっていうんですか」

「沢嶺を突き落とした人物が、もうすぐ来ます」

「え……？」

理解するのに数秒かかった。

「お願い……します」

沢嶺が力なく言った。

「……犯人は誰なんですか」

歩子が尋ねると、天幕は「うーん」と唸って俯いた。本人が来るまで言えない事情があるということか。

真犯人が来ると告げられた以上、天幕を逮捕して混乱させるわけにもいかない。が、刑事としては質問攻めにせざるを得なかった。

「取り調べ中から真犯人に気づいていたんですね」

「……はい。たった一人、その人だけが嘘をついていたので」

「嘘？」

被疑者の天幕に捜査情報を伝えた者はいない。天幕が触れた情報は取り調べ中に交わされた会話だけだ。

「なぜ、取り調べで言わなかったんですか。パニックになったなんて言い訳はもう通用しませんよ」

天幕はまた沈黙した。取り調べのときと同じだ。

「困ってるね」

沢嶺がつぶやいた。

「お前、面白がってるだろ」

天幕が横目で睨む。

歩子が咳払いすると、天幕ははっとして神妙な顔に戻った。

「その人物が来るまでは言えないということですか」

「すいません……」

天幕がペコリと頭を下げる。

待つしかないようだ。

それでも黙っている時間がもったいないので、聞けそうな話題に変える。

「先ほど笑っていたのは、なぜですか」

「ああ……」

天幕は、はにかんだ。

「こいつが、待っている間しりとりでもするかって言うから」

「口しか動かせないんでね」

沢嶺が天井を見たまま言った。

「刑事さんもどうですか」

二人してニヤニヤする。

どこが面白いんだ……。

文句を言おうとしたところで、部屋が沈黙した。

廊下を歩く足音が微かに聞こえる。

足音はドアの前で止まった。

数秒か数分か――沈黙は長く続いた。やってきた人物はドアを開けるのをためらっているようだ。

こちらから開けてやろうか。

そう思った直後、ドアがのろのろと横にスライドし、男の真っ青な顔が現れた。

「……どうして？」

全身が粟立《あわだ》つ。

やって来たのは、山田だった。

9

「どうぞ、お入りください」

天幕はツアーの受付でもするかのように呼びかけた。

山田は廊下から動かない。天幕と歩子を交互に見て、怯《おび》えている。

歩子は、まだ信じられなかった。

たしかに、常連でバンにも同乗している山田なら天幕の帽子を盗む機会はある。沢嶺の後を追って、突き落とすこともできるかもしれない。しかし、山田と沢嶺には接点が――。

沢嶺が穏やかに言った。

「鴨下《かもした》、入ってくれ」

「……鴨下？」

歩子は初めて聞く名前を繰り返した。

山田が恐る恐る病室に踏み入れる。

「山田は……偽名？」

「私も初めは気づきませんでした」

天幕が嘆息した。

「もともと社員の顔はあまり覚えていなかったけど、見た目も全く変わっていたので……」

天幕は山田を見つめる。

「でも、ベストのサイズが全く合っていないから変だなと思っていたんです。釣りの初心者でもないのに」

記憶の断片が蘇《よみがえ》った。夏の渓流釣り。そして、いくつものモニターを前に喋るペイダムの吉田――。

初対面の山田はぶかぶかのフィッシングベストを着ていた。そんな恰好をするのは、よほどのファッション音痴か短期間で急激に痩せた人間だ。

――前は俺より太ってたのに、げっそり痩せちゃってて。

吉田が同情していたのは、沢嶺の制裁でキャリアを失ったプログラマーだった。

渓流釣りの日、心を開きかけた山田が明かした前職もプログラマー。クビにされた恨み節もこぼしていた。

繋がった。

「ペイダムの社員だったんですか……」

山田――いや、ペイダムの元社員、鴨下はわずかに震え出した。

「では、天幕さんは任意同行されたときから……鴨下さんが犯人だと？」

「いいえ。可能性は考えましたが、確信したのは彼の証言を聞いたときです」

「証言？」

「あの怖い刑事さんが話していた……」

加我が何を喋った？

「さっぽろ湖での集合時間に私が遅れてきた。そう鴨下さんが証言したと」

「あ……」

歩子は理解した。

事件当日、天幕が集合時間に十五分遅刻してきたという鴨下の証言をもとに加我は天幕の嘘を追及した。しかし、天幕からすれば、その証言こそが嘘になる。

「遅刻してきたのは、鴨下さんの方だった……？」

天幕はうなずいた。

「私に関する証言の中で、唯一、明確な嘘だったのが、彼の証言でした」

天幕は遅刻を否定したが、すぐ黙秘に移った。考えていたのだ、天幕なりの筋立てを。

「事実と違っていたら指摘してください。謝ります」

天幕は鴨下に語りかけた。

「三年前、沢嶺を襲ったのも鴨下さんですね。当時は物取りの犯行と見なされましたが、実際はキャリアを潰されたことへの復讐《ふくしゅう》だった」

鴨下は否定しない。

「でも、襲撃は失敗し、計画を練り直した。その結果、復讐をバージョンアップさせた。沢嶺の殺害と私の逮捕。ペイダムの創業者を同時に破滅させる一石二鳥の計画です」

「どうして、天幕さんまで？」

歩子が尋ねると、鴨下は目をつぶった。震えが収まり、再び開いた目は憎悪で淀んでいた。

「……あんな労働環境になったのは、こいつの責任だ。沢嶺だけ殺して捕まったんじゃ、復讐にならない」

天幕は悲しそうにうなだれ、沢嶺は辛そうに目を閉じた。

「天幕さん、長くは待てません。続けてください」

「はい……」

歩子に促され、天幕は顔を上げた。

「札幌まで沢嶺を追ってきた鴨下さんは、沢嶺の行動パターンを調べるうち、満天キャンプを利用していることを知った。私の存在に気づいたのはそのときですね」

鴨下は無表情で突っ立っている。

「私のツアーに何度も参加してくれたのは、沢嶺の利用状況を調べるため。そして、私の帽子を盗むため」

切なさがこみ上げた。一緒に渓流釣りをしたあの日も鴨下にとっては復讐の一環だったのだ。

「帽子を手に入れたら、沢嶺に先んじて予約を入れた。沢嶺も早めに予約をするから、だいぶ前から予約していましたね。そして後日、釣り場の相談をするという名目で、私が沢嶺と八槍山に行くことを聞き出した」

そこからの流れは歩子と都築の筋立てとほぼ同じだった。肝心の犯人は違っていたが。

地の利を惜しんだ鴨下は、社員二人が同行していても様子を見ながら追跡した。沢嶺と社員たちが別れ、余裕ができた鴨下は、人目につかないタイミングを狙って、沢嶺を突き落とし、天幕の帽子を崖下に投げた。

「でも、社員さんたちがいたことで想定より時間がかかってしまった。だから釣りの集合時間に遅れてしまった。いかがでしょうか」

「証拠は？」

鴨下は間髪入れずに発した。

「すべて、仮説ですよね。誰か目撃者でもいるんですか」

「沢嶺さんが見ているのでは？」

歩子が言うと、沢嶺が口を開いた。

「見たのは一瞬だったが……お前はサングラスをしていたな」

「言いがかりはよしてください」

鴨下は平然としている。

「それに、どっちみち顔をはっきり認識しているわけじゃないんですよね？　誰が犯人であっても証拠にならないんじゃないですか」

白々しい。意図的に顔を隠していたことが窺える。しかし、言うとおり、これでは決め手にならない。

「他にも目撃者がいますよ」

天幕が静かに告げた。

「……どこに？」

「途中で下山したペイダムの社員です。沢嶺を追って登山している鴨下さんを目撃しています。写真を送ったら二人とも間違いないと答えてくれましたよ」

天幕はスマホの画面を鴨下に見せた。

渓流釣りでの集合写真が表示されている。

鴨下の呼吸が荒くなる。

また震え出したその細い体を見て、再び記憶の断片が浮かんだ。

途中で下山したペイダムの東寺は、華奢な人間が登っているのを見て、恥じていた。それは鴨下のことだったのだ。

「……だから……だから、写真なんて嫌だったんだ」

鴨下の糸が切れた。

「沢嶺に接触するまでサングラスはしていなかったようですね。なにせ、汗をかきますから、慣れていないと鬱陶しいんですよね、あれ」

天幕は妙な気遣いをする。

「社員さんに、いつ確認したんですか」

歩子は目撃証言まで取っていた天幕に驚いていた。

「ここへタクシーで向かっている間にメールしたんですけど……？」

溜息しか出ない。

鴨下が壁に手をついた。立っているのがやっとのようだ。

「鴨下」

黙っていた沢嶺が擦《かす》れる声で呼んだ。

そして、苦痛に耐えながら鴨下に顔を向ける。

「悪かったな」

鴨下の息が止まった。

次第に顔から邪気が消え、床に崩れた。

沢嶺は天井に目を戻した。

「あの頃は会社を守るために必死だった。社員も必死に働くのが当然だと思っていた。自分の当たり前が他人の当たり前ではないと気づかなかった。天幕に去られたことで、その間違いには気づけたが、お前の……その後の人生にまで想いが至らなかった。復讐なんかに時間を使わせてしまって申し訳ない」

「なんだよ……」

鴨下が拳で床を叩いた。

「今さら……卑怯《ひきょう》だ……そんなこと……」

「申し訳ない」

沢嶺が繰り返した。

「くそ……」

うずくまってしまった鴨下の前で天幕が膝をついた。

「名ばかりの経営者とはいえ、私は社員の顔すら覚えていませんでした……私の幼稚な振る舞いが沢嶺を勘違いさせてしまったんです。鴨下さんの言うとおり、もともとは私の罪です。だから……」

天幕は言葉を切ると、歩子を見つめた。

エピローグ

歩子は対面に座る天幕を睨んでいた。

隣の都築も天幕の返答をじっと待っている。

しょんぼりして椅子に座ったままの天幕に口を開く気配は無い。

焦れた歩子が改めて詰問した。

「つまり、天幕さんと沢嶺さんは単純に今でも大の仲良しということですか」

「まあ……そうですね」

反省しきりの天幕が鼻をかく。

鴨下が周囲を嗅ぎ回っていることを天幕と沢嶺は以前から共有していた。事件が起きた際、天幕は初めこそ取り調べに応じたが、鴨下の犯行だと察してからは口を閉ざした。

「迂闊に無実を主張すれば、鴨下さんが疑われるかもしれないと思いまして……」

「かばったのは、沢嶺さんが鴨下さんを気にかけていたからですか」

「はい。沢嶺の回復を待って、対応を相談しようと考えていました。でも、沢嶺の容態が悪化したときは本当にパニックになりかけました」

「私が帽子を検査に出さなかったら、どうするつもりだったんですか」

「霧谷さんならやってくれると信じていましたから」

「や……やめてください」

歩子は顔が赤くなっていないかとドギマギした。

都築が横で笑いを堪えている。

「どこかで自分から言うつもりだったんでしょ？」

「さあ……」

天幕は苦笑で誤魔化す。

天幕が信じたとおり、沢嶺の意識は戻ったが、そこで新たな問題が持ち上がった。沢嶺が一命を取り留めたことが広まれば、鴨下は再び沢嶺を狙う。天幕は早々に決着をつけるつもりで、釈放の際に返却されたスマホから鴨下にメールを送り、病院に呼び出した。

「鴨下さんの自首だって……」

歩子は言いかけた言葉をのみ込んだ。

このことは都築にも言っていない。

だが、天幕はお構いなしに答えた。

「それも霧谷さんなら——」

「だから、やめてください！」

天幕が歩子にした頼み。それは全てを説明する代わりに、鴨下を逮捕するのではなく、自首として受け入れてほしいというものだった。

病室ですっかり抜け殻と化した鴨下は、その場で自首した。沢嶺は鴨下の刑が軽くなるような証言を続けている。鴨下に襲われはしたが、崖下に落ちたのは不慮の事故だと。

「これからどうされるんですか」

都築が聞いた。

「ガイドの仕事を続けますけど……」

「プログラマーの方が儲《もう》かるんじゃないですか？」

合理主義の都築らしいが、ちょっと質問が砕けすぎだ。

「今の仕事がいいんです」

天幕は躊躇なく言った。

今やりたいことをやる――。

歩子は少し胸が疼《うず》いた。

「どうして沢嶺さんを許せたんですか？」

「許すも何も……」

天幕は遠い目をした。

「キャンプを教えてくれたのはあいつなんです。長く付き合っていれば揉めることもあるけど、あいつとは原風景が一緒だから」

沢嶺と天幕。大人になったトム・ソーヤとハックルベリーは大きな挫折を経験した。沢嶺は会社を失い、今後は未定。それでも野心は消えていない。また一緒に起業しないかと天幕に持ちかけている。

「だから、失敗しても、またそこに戻ればいい。お互いそれを知ってるんです」

キャンプを通し、十代の頃に共有した景色。

二人はそこからやり直した。謝罪も弁解も必要なかった。誰しもできることではない。キャンプさえしていれば充実感を得られる天幕だからこそだろう。

「そろそろですね」

天幕がケトルを持ち、ドリッパーにお湯を注いだ。秋の匂いに挽《ひ》きたてコーヒーの香りが混じる。

「おお」

都築が目を輝かせた。

連れてきて良かった。

そういえば、退職願はどこにしまったっけ？

ま、いいか。

疲れたら、またここに来ればいいし、それでも辞めたくなったら、そのとき考えればいい。

歩子は思いっきり空気を吸い、周囲を見回した。
キャンプ場を、紅葉が包んでいる。

この物語はフィクションです。作中に同一の名称があった場合でも、実在する人物・団体等とは一切関係ありません。

宝島社
文庫

満天キャンプの謎解きツアー
かつてのトム・ソーヤたちへ
（まんてんきゃんぷのなぞときつあー　かつてのとむ・そーやたちへ）

2023年6月20日　第1刷発行

著　者　高野結史
発行人　蓮見清一
発行所　株式会社 宝島社
〒102-8388　東京都千代田区一番町25番地
電話：営業 03(3234)4621／編集 03(3239)0599
https://tkj.jp
印刷・製本　中央精版印刷株式会社

ISBN 978-4-299-04333-7

『このミステリーがすごい!』大賞 シリーズ

宝島社文庫

スープ屋しずくの謎解き朝ごはん
朝食フェスと決意のグヤーシュ

友井《ともい》 羊《ひつじ》

朝食フェスに携わることになった理恵は、麻野とともに、様々なトラブルに立ち向かう。人気パン屋が急に出店を迷いだした理由とは？　いわくつきの調理器具を使った人気ブロガーは、なぜ体調を崩したのか。そして麻野の娘・露が冤罪で追い詰められ……人気シリーズ第7弾！

定価 730円（税込）

※『このミステリーがすごい!』大賞は、宝島社の主催する文学賞です（登録第4300532号）